東京喰種:re

TOKYO GHOUL

Nove

【quest】

原作 石田スイ
小說 十和田シン

登場人物介紹

佐佐木琲世 喰種搜查官，擔任昆克斯班的指導者。擁有足以獲頒白單翼章的實力。是個料理高手。失去過往的記憶，但……

米林才子 昆克斯班的一員。擅長驅使強力的赫子，但是平常沒在工作。最喜歡電玩和睡覺。身材微胖。

笛口雛實 『青桐樹』的成員。利用絕佳的感知能力支援同伴。經常和絢都一起行動。

絢都 『青桐樹』的幹部。〔ＣＣＧ〕稱他為 SS 級的喰種『兔子』，他也對〔ＣＣＧ〕造成非常嚴重的傷亡。行動的時候總是不忘保護雛實。

鈴屋什造 喰種搜查官。靠著特殊的戰鬥方式不斷獲取壓倒性的戰果，是〔ＣＣＧ〕的異端分子。能力高強，不過私底下也有像孩子一樣喜歡甜食的一面。深受部下的景仰。

環水郎 喰種搜查官。隸屬於精銳齊集的鈴屋班。跟其他成員一樣仰慕什造。興趣是亂花錢。資歷最淺卻最辛苦？

T O K Y O G H O U L

- **月山習** 綽號『美食家』的喰種，同時也是大財團的少爺。為了吃可以不擇手段，是個好戰的男人。精神好的時候有點煩人。——

- **掘千繪** 大家都叫她掘千繪，是個人類。雖然已經是大學生，但外表看起來比實際年齡還要小很多。喜歡拍照，打從高中的時候就跟月山是同學，算是一段孽緣。——

- **伊丙入** 喰種搜查官。年紀輕輕就擔任特等搜查官——宇井的搭檔，是位優秀的女性。從小就崇拜有馬，希望能夠得到他的認同。

- **有馬貴將** 喰種搜查官。名副其實的『死神』，只憑一人之力就能顛覆戰況，擁有前所未聞的戰鬥能力。平時有些少根筋。——

- **丸手齋** 喰種搜查官，隸屬於喰種對策Ⅱ課。負責指揮大規模的作戰，雖然擁有不負特等之名的實力，但由於嘴上不饒人，局員都對他有些敬而遠之。——

- **田中丸望元** 喰種搜查官。是位蓄著紳士鬍和髮型的特等搜查官。性格與外表一樣豪邁，不過正為了某件事苦惱當中……老家是寺院。—

東京喰種:re

トーキョーグール TOKYO GHOUL:re

Novel [quest]

TOKYO GHOUL:re

TOKYO GHOUL

#001
[quinquies]

:re

Novel [quest]

一

雖然這已經是眾所皆知的事，不過為了保險起見還是再提醒各位一次，米林才子是位幾乎可說是家裡蹲的搜查官。

淡淡的晚霞從窗簾的縫隙中透進來，橘紅色的光暈一路延伸到床上。沉重眼皮微微睜開，不安分的眼睛很快就習慣這溫和又安穩的顏色。但是，浸滿整個腦袋瓜子的睡意實在令人難以割捨。她翻了個身避開光線，心想不如再睡個回籠覺好了。

「嗯嗯嗯……」

可惜她已經攝取過量的睡眠，腦子舉起大大的叉號表示已經睡夠了。現實的感覺開始輕撫著她的五感，耳邊響起陣陣鳥啼。如果鳥叫聲是來自麻雀，想必就能享受到適合從睡夢中醒來的美麗早晨。但很不巧，吵吵嚷嚷的是夕陽下忙著回巢的烏鴉。

現在的時間是下午五點。

正是學校結束一天的課業，在外頭打拚的社會人士也差不多要準備回家的時間帶。而在這個一日即將結束的時候才剛起床的傢伙，就是上一秒自稱身材嬌小豐滿人人愛，下一秒就能立刻精準吐槽自己是肥豬在遠吠的才子。

或許有人認為，在這種時間起床的傢伙根本就不配當個人。但是才子心胸寬大，對於這種一般人的論調可以心平氣和地回答：「才子是超越人類的未知生物是也……」不僅如此，她絕不會向大家解釋「我現在沉迷的手遊，官方維護結束時間是下午五點，因此在那之前都不能玩遊戲，醒著也沒用。」這種常人無法理解的理由。更不會費力說明「維護時間對於遊戲打到沒日沒夜的玩家來說，也算是官方恩賜的強制休戰時間，所以睡覺可以說是義務。」

才子熟練地打開手遊。

「維護時間結束的現場活動開跑了！S

稀有配方絕對要拿到手！唯有這次大叔我怎麼樣也得課金不可！」

房間裡的架子上擺滿模型、牆壁貼滿海報，電視兩旁則是堆得像山一樣高的動畫DVD。

誰能料想得到這位身穿睡衣，一邊賊笑一邊滑著手機畫面的微胖女子，就是保護人們不受吃人怪物「喰種」傷害的組織，喰種對策局（Commission of Counter Ghoul），簡稱〈CCG〉旗下的搜查官。老實說，就連才子本人都沒什麼自覺。

而且才子還是〈CCG〉集技術之大成，試辦創立的Qs（昆克斯）一員。

在說明何謂Qs之前，必須先詳細解釋什麼是「喰種」。

這個世界上存在著外型與人類無異，其實卻大不相同的生物「喰種」。這些受到詛咒的生命，只能靠著吞食人類的血肉維生。另外，他們還擁有強大的身體能力，能夠利用蓄積在體內的高密度Rc細胞，製造出被稱為「液狀肌肉」的赫子。

別說是刀子，就連槍枝也不能傷他們分毫，普通的人類根本沒有與之抗衡的力量。

為了對抗「喰種」，〈CCG〉一向都是使用以喰種的赫子為原料製作的武器——昆克來作戰，不過後來研究更進一步發展，開始進行將「喰種」的力量直接埋入體內的實驗，而實驗的成功體就是Qs。

Qs具備「喰種」的高度身體能力和自我治癒能力。而且他們的赫子與形狀被固定下來的昆克不同，可以依照個人的能力成長。Qs靠著這股力量與「喰種」戰鬥。這是〔CCG〕最尖端的技術，就連〔CCG〕的高層都對Qs寄予厚望。

但事與願違，當初在成立時聲勢相當浩大的Qs，並沒有拿出眾人期待的成果，有種雷聲大雨點小的感覺。這其中自然有諸多因素，不過眼前這位老是賴在床上，完全沒有起床意願的才子顯然也是原因之一。小妮子仗著這是一個沒有前例的手術，一下子說自己身體倦怠、一下子說感覺不太舒服，找遍大大大小的理由請假，幾乎天天都在休息。

今天的她也推說脊椎痛，硬是辯贏了「其實只是因為睡太久導致背痛之說」成功取得休假。像她這樣懶散不幹活，每個月還能領到雖不足以揮霍，但已經夠她課金手遊、買模型、在網路上預購動畫DVD的薪水，簡直是無本生意。

不僅如此，這裡還有美味可口的伙食。

「才子，老師說可以開飯了。」

門板的另一頭傳來客氣的聲音。

〔CCG〕以學院青少年部的學生為對象舉辦Qs手術適性測驗，測出來結果為「適性佳」並接受手術的人，便是構成Qs的成員。動過手術的人包括才子在內一共四名，而這四個人就在這座「宅邸」一起生活。

現在佇立在房門外，悄悄查探才子狀況的人便是成員之一——六月透。

才子爬起身來確認時間，不知不覺中已經到了晚上七點。看來在她忙著滑手機的時候已經過了兩個小時。「來囉來囉～」平常總是懶散度日亂吃零食，因此並不特別覺得肚子餓的才子，終於站起身來。

「小六，能請你護送才子到今晚的餐桌旁嗎？」才子打開門說道。

六月露出困擾的笑容。

他有一身褐色的肌膚，留到脖子的黑髮，經常戴著眼罩掩蓋右邊那顆紅色的赫眼。原本只有在發動能力的時候，一隻眼睛會變成紅色，但他還無法控制自己的身體。不過六月的工作態度認真，又聽從上司的命令，對才子也很溫柔。

「說什麼護送，又不是在開派對。」

「今天的晚餐是什麼？」

「是漢堡排。」

才子動動鼻子嗅著氣味，一股濃郁的肉汁香味便撲鼻而來。

「用奶油煸炒得香氣四溢的紅蘿蔔、水煮的花椰菜，加上用黑胡椒提味的馬鈴薯和法式清湯，無懈可擊的布陣……！」

拜手術所賜，才子對氣味變得很敏感，能夠把連看都還沒看到的晚餐想像得好像就擺在眼前一樣。

「噗！妳是狗嗎？」

不知吟士看見才子那副模樣，一邊笑著一邊走出房門。

他一身寬鬆的休閒服，眼神凶惡，還有像鯊魚一樣尖銳的牙齒。乍看之下像個不良少年，不過他跟才子是打從〔CCG〕第七學院青少年部時代就認識的朋友，兩人的學科成績都很差，是經常被留下來課後惡補的好夥伴。

「啊～不知仔，你說誰像小狗一樣可愛迷人？」

「我才沒講！」

「咦？你要把今天的漢堡排送給『才子汪汪』？」

「才不會給妳！」

才子厚臉皮模式全開，立刻惹不知抓狂。「冷、冷靜一點……」在一旁觀看的六月連忙介入調停。

「沒錯沒錯，冷靜地把漢堡排交給我就對了。」

「喂，妳這個傢伙！」

「你們都別吵了，大家一起去吃飯吧！吃飯！」

再這麼鬧下去也不會有什麼結果，六月趕緊從背後推著才子和不知，催促他們下樓。

「喔？有人搶先一步！」

當他們到達一樓的飯廳，已經有個男人坐在位子上開始用餐了。是Qs的班長——瓜江久生。

雖然瓜江跟才子、不知一樣來自第七學院青少年部，但他跟成績糟糕透頂的才子截然不同，是第一名的特優生。就連現在，才子、六月、不知都還是三等搜查官，他就已經高過他們一級，是堂堂二等搜查官了。

只是他的資質雖然過人，卻很討厭別人干涉他的事情，也不愛多管閒事。儘管身為班長，卻經常採取單獨行動。他現在也無視才子的發言，默默把食物往嘴裡送。

「哦！咱們這位瓜江二等已經餓得前胸貼後背了嗎？所以忍不下去了？」

不知剛剛才被才子糾纏而抱怨連連，現在倒是主動找起瓜江的麻煩。看來他對瓜江似乎抱著競爭意識。

「（腦袋空空如也的笨蛋）晚餐要冷掉了。」

瓜江連頭也不回，淡淡說道。

「晚餐冷掉就不好了，不知仔。」

「妳不要過來亂啦！」

才子一句話就讓一觸即發的氣氛立刻緩和了下來。她坐到自己的位子上，雙手合十準備開飯。「快吃吧！」在六月的催促下，不知也心不甘情不願地坐到餐桌前。

「好難得看到大家一起坐在餐桌前。」

一位青年擦著收拾廚房時濡溼的雙手，帶著和煦的笑意現身。他是Qs的指導者——佐佐木琲世。

琲世也跟大夥兒一起坐到餐桌前，微笑看著這些孩子們。

別看他一副和善可欺的樣子，他不但在位居〔ＣＣＧ〕搜查官頂點的鬼才，有馬貴將手下工作，本人也獲頒只有驅逐一定數量的Ｓ級喰種，或是擁有相應能力的人才有資格拿到的白單翼章，以及創下年間討伐數量破百的驚人紀錄才能得到的金木犀章，是位相當優秀的搜查官。

更重要的是，他也和Qs一樣使用赫子戰鬥。只是這其中的來龍去脈和具體情況跟才子他們大不相同就是了。

「呼～香氣逼人！」

從才子的角度來看，琲世做的料理比他顯赫的戰功更令她陶醉。琲世不光只是才子他們的指導者，就連Qs生活中的大小事也一手包辦。

才子用筷子劃開還冒著熱氣的漢堡排，濃稠的起司便流了出來。她夾起一塊漢堡排，充分沾滿醬汁後送入口中。

「嗯～真美味……！」

嚼勁十足的粗絞肉和香濃圓滑的起司在口中化開，香氣隨著嘆息從鼻腔溢出。這時候就該來碗白飯。「太好了。」琲世看著喜孜孜享受料理的才子，接著問道：

「對了才子，妳的脊椎好點了嗎？」

脊椎。

才子的頭上冒出問號。

「妳今天早上才說自己脊椎痛沒錯吧？」

經六月這麼一說，才子終於想起「本日的才子設定」。

「痛痛痛……背上的那條骨頭發出慘叫了……！」

才子蜷起身子試圖亡羊補牢。但是她偷瞄了一下，琲世雖然還是笑臉盈盈，眼神卻很可怕。看來繼續裝下去也沒有意義，只會有反效果而已。才子咻咻咻地吹起破音的口哨，大口咬下當配菜用的紅蘿蔔。「真拿妳沒辦法。」琲世長長嘆了口氣，語氣一轉：「才子，妳明天請特休對吧，記得把握時間把脊椎治好喔。」

沒錯，才子明天請特休。今天的確是裝病請假，但她在一個月前就申請好明天的休假了。

理由只有一個，明天就是遊戲新作的發表日。

才子在半年前就從網路上知道遊戲即將發售。她逐一確認官網更新的情報，期待之情溢滿胸口。甚至這陣子為了玩那款遊戲，每天都努力得不得了。講是這麼講，事實上她也沒做過什麼大不了的努力就是了。

「妳平常就已經夠偷懶了，竟然還有臉請特休！」不知一邊咬著肉塊一邊叨念：「反正又是為了遊戲吧？」

個性遲鈍又單純的不知，這次居然說中了。只可惜不管別人怎麼講，才子都有自己的應對之道。

「不知仔……竟然打聽『淑女』的假日行程，完全暴露出你的痴漢心態啊……你這個色狼！」

「誰是色狼啊！」

轉移話題也是才子的拿手絕活。不知大概也發現跟才子爭論實在很愚蠢，決定轉頭繼續吃飯。才子已經開始夢想明天的事。所謂的遊戲，挑在不會有人劇透的發售日遊玩才是最棒的。

明天一定要在店家開門的同時買下她看中的遊戲，然後不眠不休地破關。

「……啊，有電話。是曉小姐。」

才子滿心想著遊戲，坐在她旁邊的琲世接起電話。電話的另一頭是真戶曉，一位才氣縱橫的女性搜查官，如果說琲世是Qs的導師，曉就是琲世的導師。Qs同時也是真戶班的成員，因此她也是他們的直屬上司。

「這種時候打電話來，會是什麼事呢？」
六月看著把電話貼在耳邊走出房間的琲世，憂心忡忡地說道。
「……誰知道。（我才不關心）」
用餐完畢的瓜江站起身，準備回房間。
「——咦！這麼突然？」
聽見琲世焦急的聲音，瓜江也停下腳步。
「怎麼回事？有事件嗎？」
有種出現大麻煩的預感，不知整個人精神都來了。
琲世又說了一會兒話之後便掛了電話。回到飯廳的他，表情明顯黯淡不少。
「喂喂，到底是什麼事嘛？佐哥。」
不知興高采烈地問著。
「嗯……事情有點麻煩。」琲世一步一步踱回飯廳，對瓜江說：「可以先坐下來聽我說嗎？」語畢，自己也坐了下來。
「事情是這樣的，明天好像有個臨時視察的樣子。」
「視察？」六月、不知和瓜江異口同聲。不過這些聲音並沒有傳到滿腦子都是遊戲的才子耳中。
「高層下令要組織的督察委員和Qs一起行動。」
「意思是要共同搜查嗎？」不知問。
「……（因為你們的無能）高層要用突擊檢查的方式確認Qs的工作狀況，就是這麼一回事吧。」瓜江對一頭霧水的不知說道。
「那我們該怎麼做才好？」
突如其來的狀況讓六月心生不安。琲世溫柔地笑了笑。
「我們就按照平常的做法……再稍微努力一點就好了。只是明天一整天怎麼樣都得團體行動才行。」
「團體行動嗎？（真麻煩）」經常單獨行動的瓜江皺起眉頭。不知也臭著臉抱怨：
「要跟瓜江一直待在一起喔？拜託饒了我吧！」接著轉頭看向才子。
「佐哥，那這傢伙要怎麼辦？」
才子從剛才就像在隔岸觀火一樣左耳進右耳出，直到聽見自己的名字，她的意識才終於回到現實世界。
「何事？」

「剛才不是說了嗎？明天會有督察來視察Qs，所以大家必須團體行動。」

「在下明天請特休喔。」

這件事不可能有變數。才子望向琲世尋求認同，但是他的表情蒙上一層陰霾。才子有不好的預感。

「關於這件事……抱歉，才子，可以暫且把妳的特休往後延，明天準時上工嗎？」

「哪有人這樣的！」才子瞪大了雙眼，用力拍著桌子，站起來大喊著：

「NOOOOOOO！媽媽是打算要才子切腹自盡嗎！」

「我沒有！我沒有這麼說啊！只是明天如果Qs不能全員到齊，可能會影響往後……」

「將特地為了遊戲新作的發售日而請的特休往後延，對武士來說等同於死路一條！求求您了……就放過小的這麼一回吧！代官大人……！」

才子緊攀著琲世的腳，像在演時代劇一樣苦苦哀求著。「果然還是為了遊戲嘛……」不知也傻眼。

「才、才子，但妳不是武士啊。唯有這件事我真的無能為力，我們一起努力讓視察早點結束吧？只要能夠拿出成果，督察應該就會滿意了。」

話雖說得委婉，但任誰都能聽出他的意思就是才子明天非得出席不可，絲毫沒有轉圜的餘地。琲世一臉歉疚地拍拍才子的肩膀後站起身來。

「我現在要去〔CCG〕製作明天要用的資料，晚上可能就不回來了。不好意思，要麻煩大家明天早上九點前到〔CCG〕總局集合。所以，那個……」琲世望向班長瓜江、六月和不知，說道：「才子的事就拜託你們了。」

三人聽了，同時把視線投向抱著琲世大腿不放的才子。

「我這就走了。才子，可以放開我嗎？才子……我說才子……」

才子死不放手，琲世只能拖著她走路。

「真的很抱歉，我們明天一起努力吧，所以才子……拜託妳了才子……」

最後還是出動不知和六月硬把她從琲世的腳上拔開。「親愛的不要拋棄我～！」儘管才子放聲大喊，琲世還是鐵了心走出宅邸。

「妳沒事吧？才子。」

客廳裡只剩下四個Qs的成員。期待已久的發售日被硬生生奪走，這巨大的打擊讓才子化為一具空殼。她抱膝呆坐在地上，四周飄著身上彷彿長出香菇的陰沉氣息。

不，說不定已經長出來了。

「今天還是早點休息比較好吧。不然明天會起不來。」

不知似乎在擔心才子明天是否起得了床。才子的生活型態可說是標準的日夜顛倒，早上九點對她來說等同於深夜。

「佐佐木一等被妳這樣胡攪蠻纏也不為所動，或許是因為他判斷明天的結果會影響Qs今後的發展。」瓜江如此分析：「（為了不要拖累我，害我的評價下降）大家還是繃緊神經為上。就當作是為了保住Qs不解散，好好努力吧。」

這一番言論聽起來像恐嚇，卻非常有說服力。

局裡頭那些天天與「喰種」性命相搏的搜查官當中，也有不少人對體內蘊藏著「喰種」之力的Qs投以懷疑的目光。以現在的情況來說，就算有人提出「如果拿不出成果就應該將他們解體」的意見也不稀奇。

「既然事情已經定下來了，大家就早點睡吧。只要照著平常的時間起床就行了。」

不知說完便站了起來，六月也跟進。看來是一個解散的節奏。

但是才子的問題並沒有解決。

發售首日。如果不從這天就開始玩遊戲，就會跟其他玩家拉開差距，社群網站上也會處處充斥著劇透。更重要的是別人在打電動的時候，自己居然要工作，這也太令人嫉妒了吧！

何況硬要說起來，Qs就算平常少了才子也沒什麼差別不是嗎？多了個才子反而更加礙事吧？才子開始在心裡為自己開脫。

沒錯，大家努力搜查，才子努力打電動就好了。這就是所謂的適才適所，責任分配。

更何況特休對勞工而言，不是理所當然的權利嗎！才子心中燃起了鬥志。

「誰要成為什麼社會的齒輪啊啊啊啊啊啊啊啊啊啊！」

她高高舉起右手大聲嘶吼。

「……呃，妳沒當過齒輪吧。妳根本就生活在另一個時間軸上。」原本打算回房的不知停下腳步，臉上浮現冷淡的表情說道：「電動這種東西妳隨時都能玩吧。明天就給我乖乖忍耐。」

「你根本不明白在發售首日玩遊戲有多重要！過分的男人！渣男！」

才子用彷彿情侶吵架的口吻責怪不知。

「我是不明白沒錯。但不管怎麼樣，我們可是搜查官！沒有工作就不會有薪水入帳！」

「什麼嘛！一副明白事理的樣子！你以前才不是這樣的人！」

「我以前又怎麼了啦！煩耶～！妳不要再無理取鬧了！」

嘴上工夫鬥不過才子的不知也拉高音量。

「不知仔是大笨蛋！才子不管你了！」

「啊！喂，才子！」

才子一邊嗚嗚假哭一邊跑走。她一鼓作氣跑上樓，衝進自己的房間、鎖好房門之後便把耳朵貼在門板上。

才子全神貫注聽著，耳朵傳來的聲音變得更清晰。

「……那傢伙是怎麼搞的。」

最初是不知困惑的聲音。

「希望她明天能調適好心情……」

接下來是闡述樂觀希望的六月。「是啊。」不知也表示同意。

但瓜江不同。

「看她的樣子，搞不好會瞞著我們偷偷跑去買遊戲。」

不愧是學院特優生，連一丁點的風險都不會放過。

「呃……她再怎麼誇張也不至於做到那種地步吧？」

「你有證據保證她絕對不會這麼做嗎？她可是個幾乎沒有參加搜查活動，還敢請特休的女人喔？」

「是這麼說沒錯……」

不知簡簡單單就敗下陣來。

「Qs如果不能全體到齊（身為班長的我）會引發責任歸屬問題，說不定還會被減薪，不知？」

「什麼？等等！這點我絕對不能接受！我很需要錢啊！」

不知的聲音摻著焦慮。他對金錢有股強烈的執著。

「既然如此，為了保險起見，我認為還是好好監視米林為上。」

專心偷聽門外對話的才子更加聚精會神地聽著。

「你的意思是要看守她到早上？」

「沒錯。只要監視米林的房門前、客廳以及玄關，應該就不會出差錯了。」

才子原本還以為瓜江會採取輪班制，沒想到他採用的是將所有人員配置在重點區域的總體戰，可見他對米林的戒心之重。

「位置怎麼分配？」

外表張狂，個性卻出乎意料認真的不知開口問道。

「你負責在米林的房門前監視，我負責客廳，六月負責玄關。」

「喂，等一下！為什麼是你負責客廳？太狡猾了吧！」

客廳裡頭用來打發時間的便利用品一應俱全，跟房門前的木板走廊比起來，整體環境截然不同。

「我是班長，必須在米林的房門前與玄關的中間地點，也就是在客廳把握所有的狀況。而且你打從學院時代就跟米林有（笨蛋之間的）交流，我看好你能第一時間察覺她的異狀並採取應對措施。」

雖然不知老愛跟瓜江唱反調，但大概他也認同瓜江的實力。所以儘管不甘不願，最後還是接受他的意見，答道：「知道了啦。」六月則是打從一開始就沒有一句怨言。

「現在開始執行作戰計畫。」

三人各自前往自己的崗位備戰。

不知先返回自己的房間，拿了本用來打發時間的雜誌後便一屁股坐在才子的房門前。瓜江也到沙發上就坐。六月則趴在走廊的地板上開始寫起報告書。他們的一舉一動，才子都透過五感牢牢掌握著。

雖說才子常常蹺掉工作，但她在Qs手術適性測驗拿到的成績可是遙遙領先眾人。手術之後，她的聽覺、嗅覺……等等多數能力都不遜於其他班員。

但現在還不到行動的時候。

她首先蹦手蹦腳地躺回自己的床上，接著打開電視機，播放自己喜歡的動畫ＤＶＤ。動畫角色的聲音響起，走廊上的不知也跟著稍微有了一點動靜。

「咯咯咯……愚蠢的Qs們，真以為可以攔得住本大爺嗎……？」

才子手裡緊握著掌上型遊戲。

「本大爺就先奢侈一下，狩獵工會任務１４０的迪亞布羅吧……！」

二

對於玩家來說，時間這種東西就像流水稍縱即逝。

時鐘滴滴答答來到半夜兩點，是整個城鎮和人們都陷入沉睡的時間帶。但是才子已經養足了精神。

「好了！」

她把徹夜攻略的遊戲存檔，小心翼翼不發出一點聲響，悄悄地將耳朵貼在門上。

「鼾……」

最接近的地方傳來不知睡得香甜的鼾聲。

瓜江似乎在忙他的事情。由此可知跟剛開始監視的時候比起來，他們的緊張感已經鬆懈了不少。

在玄關把守的六月已經寫完報告書。人是還沒睡著，但似乎開始打起哈欠了。

是時候了吧。

才子脫下睡衣，換上方便行動的外出服，將掌機遊戲和充電器、零食等等塞進背包裡。

瓜江沒有忽略才子可能偷偷溜出宅邸去買遊戲的風險，實在優秀。但是才子就看準了他們絕對會看輕整天都窩在房間裡的自己。

監視的布置地點就是最好的證明。他們的監視範圍只限於家中。

「Let's Party Time……」

才子背起背包，輕輕打開窗戶。從三樓的房間往下看，到地面的距離大約是九公尺左右吧。一般人走這條路線肯定會骨折，但才子並不是一般人。

才子跨過窗戶，緊緊攀著窗框，整個人掛在房子的外牆上。微溫的晚風徐徐吹拂著。她再次確認地面之後，猛然蓄勁，感覺一股熾熱的血液從腰部位置蔓延到全身。

「潛藏在我體內的邪惡眷族啊，展現你的力量吧……！」

才子的左眼染上一片赤色，是赫眼。

她倏地放開窗框，小小的身子直直往下落。

「砰！」才子將聲音控制到最小的限度。安然無恙著地的她連一個擦傷都沒有。

「很好，確實展現給我看了……！」

她查探家中的動靜，沒有任何變化。沒錯，他們根本沒想到懶散的才子竟然會為遊戲做到這個地步。

才子方才閃著紅光的眼睛已經恢復原本的顏色，她放輕腳步悄悄離開宅邸。距離拉得愈長，環繞在她全身上下的解放感就愈激昂。

「老身自由啦！」

才子用力張開雙手，朝著沒有人車的大馬路中央衝刺，只是沒一下子就氣喘吁吁了。她拿起手機，檢查自己的社群網站。儘管是平常日的深夜，玩家們還是一樣熱鬧滾滾。

才子也像如同往常一般愉快地打著字。

YONE @叛逆的玩家

跳脫社會的牢籠，開始 Let's Party Time！

「……嗯。」

坐在地板上，身體靠著牆壁正在打盹的六月，被自己猛然垂落的頭驚醒。他昏昏沉沉地往左右兩旁看去，擦擦眼睛，一邊打呵欠一邊伸直了雙手。

雖說他已經一隻腳踏入夢的世界旅行，但如果有人通過這個範圍，他應該還是會察覺才對。

「才子好像沒有離開房門的樣子。」

六月將寫完的報告書收拾整齊放在一旁。他心想不知道瓜江和不知那邊的情況如何，於是站起身來往客廳走去。

到了客廳，只見瓜江整個人都埋在沙發中，戴著耳機緊閉雙眼。六月本來還以為他睡著了，結果瓜江立刻睜開眼睛看著他。

「……什麼事？」

「啊，沒事，只是想關心一下你們這邊的情形如何。」

瓜江興味索然地轉過頭，打開放在邊桌上的資料夾。裡頭放的似乎是搜查資料。

「米林應該也知道我們在監視她。（那個廢物）不太可能還刻意突破重圍吧。」

看來這次的監視行動只是一齣為了牽制才子而演出的戲。

「瓜江，你真的好厲害。」

「……並沒有。（是你們太無能罷了）」

瓜江總是像被什麼東西鞭策一樣拚命工作。這究竟是出於他原本的性格，還是有其他原因，六月並不清楚。

六月走上樓梯，打算看看不知的情況。不知跟六月不同，他大剌剌地躺在走廊上，一看就知道已經睡著了。

「不知，你還好吧？」

六月拍拍不知的肩膀。「喔！是透啊。」不知睜開眼睛，「糟糕，我睡著了！」

「才子怎麼樣了？」六月對搔著頭的不知問道。

「她應該已經放棄了吧？」不知回答。才子的房間裡頭傳來動畫的聲音。

「剩下的問題就是早上如何把才子叫醒了。」

「嗯～是啊。應該說那才是重頭戲吧。」

才子只要一睡著，就算發出天大的吵鬧聲或是拚命搖她，她也不會醒來。光是思考要怎麼把她叫醒就令人喪氣。

「我們自己如果早上起不來就沒有意義了。」不知打了個大大的呵欠，「明天的視察應該也很累人，大家還是早點睡吧。」

雖說眼下最重要的就是明天將才子帶去〔ＣＣＧ〕，但這麼勞師動眾說到底也都為了應付視察。

不知直接躺在地上進入夢鄉。六月回到自己的崗位之後也靠在牆壁上，打算就這麼睡上一宿。

「差點忘了，睡覺之前……」

六月拿出手機看著網路新聞。

「啊，對了……」

六月想起自己曾把才子的社群網站加入書籤。

「不知道她睡了沒。」

可以的話真心希望才子已經上床睡覺了。六月抱著這樣的心情確認她的網頁內容。

「……咦？」

意想不到的情形讓六月不禁放聲大叫。他整個身體往前仰，緊緊盯著畫面，一隻手迅速滑動手機確認她的發言。

六月倏地起身。

YONE @叛逆的玩家

深夜用MY電弧突擊車站太有快感了！深夜遊蕩才子最棒——！

「……瓜、瓜江！才子可能已經偷溜出去了！」

綁成兩束的柔軟長髮，隨著才子的步伐輕輕搖動。

來到繁華街，路上的行人三三兩兩擦肩而過，有忙著搭訕女性的男人、頂著一張紅通通的臉正要返家的上班族，還有眼線濃得不可思議，感覺像在風月場所上班的女人等等。

才子絲毫不理會周遭的人們，只是一個勁地在社群網站上跟她的電玩同好聊天。內容盡是些數秒後就會忘個精光的無謂話題，不過就是這樣才有趣。

但她可不打算在路上閒晃到店家開門為止。

「在目標時刻到達之前，先去『別墅』打發時間好了……」

才子心情愉悅地念著，逐漸靠近她的目的地。沒錯，才子的目標就是網咖。

網咖雖然窄小，但可以保有自己的空間。除了能盡情看漫畫之外，連飲料吧也一應俱全，對才子來說根本就是天堂。

距離電玩店開門還有一段時間，不如在那裡養精蓄銳一番。這就是她打的如意算盤。

這次選中的網咖離才子常常光顧的電玩店很近，還提供霜淇淋吃到飽。千辛萬苦完成從Qs那裡脫逃的大事業之後來一支霜淇淋，想必能夠更加滋養赫包吧。

只要在下一個街角轉彎就達陣了。

才子從錢包中取出會員卡，加快腳步前進。

「……？」

就在此時，有股熟悉的氣味直衝鼻腔。

才子反射性地停下腳步，躲進角落店家的陰影處。

「……」

她小心翼翼保持警戒，窺視著她的目的地——網咖。

「居然！」

瓜江就站在店門口。

「瓜江～」

「這邊沒看到人！」

來的人不只瓜江一個，六月和不知從才子所在位置的反方向現身，往瓜江那裡跑去。

「這裡也沒有，但也有可能只是還沒抵達罷了。」

瓜江抬頭望向網咖。

「她（那個不出門的懶鬼）並不是那種勤勞到在電玩店開門之前四處閒晃的人，一定會找個地方休息。更進一步來說，她會找一個可以替智慧型手機和掌上型遊戲機之類的機器充電，又能夠輕鬆休息的地方。」瓜江斷言，「米林一定會去網咖！」

可怕的〔CCG〕搜查能力。

而且他們竟然在這麼短的時間內查出才子常去的電玩店，並且將目標鎖定在店家附近的網咖。

就在才子悠悠哉哉散步的時候，包圍網早就張開了。她可以理解為何「喰種」會對〔CCG〕如此戒慎恐懼，這些搜查官確實優秀。「喰種」也真辛苦啊……才子不禁同情起來。

「我真受不了才子那傢伙，沒想到她竟然從窗子跳下去……到底多想玩遊戲啊！」

「這次徹底被她擺了一道。不過我也沒想到，離她最近的你居然絲毫沒有察覺。

（沒用的傢伙）」

「你說什麼！那你又在客廳幹了什麼？說啊！在沙發上睡大頭覺嗎！」

只可惜，Qs的團結力就跟控制鹽分的味噌湯一樣淡如水。

「……這不是對長官說話的口氣吧，不知『三等』。」

「長官？你只不過是班長耶！」

原本正常的對話，一瞬間火爆了起來。團隊之間的不和就是現在的Qs班的弱點。而戰略遊戲的法則就是針對弱點發動攻擊。為今之計，只有抓緊這個破綻一途。

才子靜悄悄地邁開步伐，拉開跟他們之間的距離。背後傳來的聲音愈來愈激動，似乎馬上就要演變成一場廝殺。話雖如此，他們都是不會輕易喪命的體質，因此沒有擔心的必要。

所有的狀況都朝著對才子有利的方向發展。才子得意地暗自竊笑。

「等一下！」

就在此時，六月制止二人。

「有點不太對勁。」

才子悚然一驚。難道六月注意到自己了嗎？她不禁停下腳步屏住呼吸。

就這麼過了一分鐘、兩分鐘、三分鐘。

再怎麼能忍也得換氣了，但才子還是僵直著不敢動彈。緊握在手中的智慧型手機也沾上汗水。

「喂，你說這話是什麼意思？」

或許是忍受不了眼前的沉默，不知急急開口。

「……沒了。」

「什麼東西沒了？（快點說清楚）」

瓜江也壓抑著焦躁問道。

「才子的社群網站突然停止更新了！」六月回答。

才子猛然看向自己的智慧型手機。自從發現瓜江他們之後，她和網友那一長串綿綿不絕的對話就中斷了。直到現在她才發現，原來六月一直都在查看自己的社群網站帳戶。

「才子現在應該躲在某個地方窺視我們的動靜！」六月大喊。

同時，才子連想都不想拔腿就跑。人類這種生物一旦心虛，身體就會擅自行動。她現在深深體會兩小時推理劇中，犯人一旦被指認「犯人就是你」就會完全崩潰，接著便開始不打自招的心情。

「……那邊嗎！」

敏銳的瓜江立刻往才子的方向跑去。

「噫——慘了慘了！」

不知也隨後從街角竄出。

「喂喂，她真的在這裡！」

混雜的感動和傻眼的聲音。

「逮捕她！」

眼睛已經捕捉到才子的瓜江一口氣加速。

才子原本就沒來得及和他們拉開多少距離，何況對方是日日鍛鍊身體的搜查官，她卻是與贅肉為友的家裡蹲。怎麼可能逃得掉。

「可惡的〈CCG〉……！」

「呃，妳也是〈CCG〉的人吧！」

才子的呻吟被聽覺過人的不知盡收耳中。

「……死心吧！」

瓜江伸手抓住才子的背包。

「喔喔！」

雖然瓜江的動作並不粗暴，但才子還是敵不過他施加在背包上的力量，當場跌坐在地，就這麼順利遭到逮捕。

「呼……真是的，妳到底在搞什麼啊！」

「我們回家吧，才子。」

不知和瓜江站在才子身側，將她團團包圍住。

萬事皆休，一切到此為止了嗎？

才子的腦中，浮現遊戲發售情報當天的光景。每次在網路和電玩雜誌上發現新情報，就讓她心中的期待更加膨脹。她一天天扳著指頭倒數發售日的到來，還乖乖請了特休，照理說應該能以純粹的心情迎接遊戲發售日才對。可如今名為「臨時業務」的現代社會黑暗面，眼看著就要將才子吞沒殆盡。

才子跪坐在沙塵滾滾的水泥地上，地板粗糙的觸感刺激她的雙手。才子握緊了拳頭。

「咯咯咯……」

上揚的嘴角，輕浅的笑聲。

不知等人面面相覷。

「別以為事情會如你們所願……！」

才子張開拳頭往地上一拍，抬起頭。她的左眼染上鮮紅色，血管暴突，空氣一瞬間緊繃起來。瓜江等人急急往後一躍。

「才、才子！」

「（那個笨蛋！）」

才子的背部一下子變得熾熱。Rc細胞撕裂皮膚源源湧出，放出的力量交錯纏繞結

合，漸漸匯聚成某個形狀。那條巨大到必須仰望，形狀像脊椎一樣的東西是——

「有沒有搞錯啊！喂！才子那傢伙放出赫子了！」

Qs之所以叫做Qs，由來就是赫子。

沉沉的重量幾乎把才子的身體往後拉倒。她站穩腳步，目不轉睛地盯著他們。

「……你們這些臭小子！真有本事打倒我嗎！」

「妳動畫看太多了吧！」

——去吧！

才子的赫子往瓜江等人的所在位置重重甩過去，他們連忙跳開躲避攻擊。赫子的力量將水泥地鑿出裂痕，空氣中沙塵飛揚。所有人都被這驚人的威力嚇得瞠目結舌。

「哈哈哈哈！沒有任何人能夠阻止我！失落的祕寶就由我收下了！」

「才、才子她……即便是在搜查的時候都不太使用赫子的啊……！」

就連身為搜查官的Qs眾人也被她的失控舉動驚呆了。雖然現在的時間是深夜，但此處畢竟還是繁華街。剛好在場的人所受到的驚嚇自然遠超過他們。甚至有人被這超現實的情況嚇得動彈不得，只能呆站在原地。

「嘖……（要是路人通報上去事情就麻煩了），不知，你去壓制米林的動作！」

「你說得倒容易！怎麼做？」

「瞄準米林的赫子射擊！消耗她的精力！」

他們這趟出門是為了尋找才子，根本沒把昆克帶在身上。但Qs的身體正是為了這種情況而存在。

「可是……」不知搖搖頭表示自己辦不到，「這樣也會傷到才子！」

「反正她就算受了傷也會馬上痊癒！況且她的再生速度又很快！」

「話是這麼說沒錯……」

瓜江咬牙切齒地瞪著猶豫不決的不知。

「（沒用的廢物！）算了，我來！」

瓜江的左眼刷上赤色，背後伸出的赫子化為堅固的刀刃，纏繞在他的右臂上。周邊的人見狀發出慘叫聲，紛紛四下逃竄。

「咦？什麼？搶地盤嗎？拜託別在這種地方動手啊……」

可是當場只有一個人不但沒有逃走，還大膽地盯著他們看。這個人便是剛剛與才子擦肩而過的濃妝女。她看到才子和瓜江使出赫子，卻一副見怪不怪的模樣。

這是為什麼？

瓜江的眼睛立刻捕捉到她。

「咦？什麼？好像不太妙？」

女人似乎感覺到自己有危險，馬上脫下高跟鞋狂奔。她的跳躍力一看就不像是人類所為。

「喂喂，那傢伙……」不知看著逃亡的女人，興奮地笑了，「不就是『喰種』嗎！」竟有如此湊巧的事。「喰種」就這麼好巧不巧出現在喰種搜查官——Qs面前。

「喰種」代表的意義也可以是金錢和功勞。

「（她是我的獵物！）六月，米林就交給你了！」

「咦！咦咦！」

「你別偷跑啊！」不知看到瓜江轉身去追捕「喰種」，連忙也趕了上去。

現場只剩才子和六月兩個人。

「咯咯……哇哈哈哈哈！看來這場比賽是我贏了！」

就在才子使出丹田的力量一邊狂笑一邊發表勝利宣言的瞬間，她背後高高立起的赫子突然散開，強烈的疲勞感也同時朝才子的身體襲來。她的力量原本就是徒具火力而不持久。

「才子！」

太亂來的結果就是讓她連受身都來不及做就倒在地上。

「小六子……看來才子的冒險只能到這裡為止了……」

「才、才子！」

「才子、現在覺得眼前、天旋地轉……」

還有，好想玩新發售的遊戲啊……

留下幾句彷彿是遺言的話之後，才子便失去意識。

——其實才子打從一開始就沒想過要當搜查官。

她之所以會進入〔CCG〕的學院青少年部就讀，無非只是因為學費很便宜罷了，「喰種」怎麼樣根本就不關她的事。既然沒有非戰鬥不可的理由，對於才子這樣的普通人來說，哪有可能破得了那種必須賭上性命的超高難度遊戲。只要能盡可能過上安安穩穩、輕鬆愉快的日子，她就別無所求了。

但是她在Qs手術適性測驗中繳出笑傲眾人的成績單，母親一聽說接受手術就能拿到補償金，二話不說就答應下來。那些補償金全都拿去償還母親酒吧經營不善所欠下的鉅額債務，最後連一塊錢也不剩。母親非常開心，樂得不得了。

不管是遊戲、漫畫或動畫，主角總是能理所當然地打倒敵人，看了多麼讓人痛快激奮。

不過一旦現實生活中出現同樣的狀況，是否能像主角一樣打倒對手就難說了。而且她面對的還是生死交關的事。無論是下手殺害那些名為「喰種」的生物，還是自己遭到「喰種」的毒手，對才子來說負擔都太過沉重，敬謝不敏。

只是，這裡有熱騰騰的飯菜。

只要她開口呼喚，就會有人回應。

雖然經常要冒著生命危險戰鬥，但這裡的日子還是相對平穩。就算和平的時光短暫，才子有時也會心想，說不定有機會永遠這麼和平下去呢。有大家、有才子，散散漫漫、慵慵懶懶地過著一成不變的流水日子，再「普通」不過的平凡生活。一個也不少。

「……子？才子？」

耳中突然聽見了聲音。雖然才子沒發現，但她其實已經微微睜開了眼睛。映入眼簾的景色有些模糊不清。她連自己身在何處都不曉得。才子用力閉上眼，連眨了好幾下，在焦距對上之後打量著周遭。

「這裡是……」才子看見漫畫的海報，「存檔點……？」

「醒了嗎？才子。」

琲世在才子躺臥的床邊低頭看著她，臉上浮現安心的表情。

「媽媽……」

「嗯。」

「媽媽也死了嗎？」

「胡說什麼呢。」

琲世輕輕地把手貼在才子的額頭上，用指尖咚咚敲了幾下。

「妳這孩子真是的，竟然連赫子都用上了。我接到六月打來的電話時真的嚇死了。」

琲世看到才子呆呆抬頭望著自己，不禁苦笑：「算了，下次再跟妳說教。」隨即收回他的手。

彷彿纏繞著全身的倦怠感是使用赫子的反作用嗎？大概也是因為她平常疏於鍛鍊吧。

「喔～妳終於醒了？」

不知探頭望向才子的房間，咯咯笑著走了進來。他的右手提著塑膠袋，興許是剛購物回來。

「比妳平常起床的時間還早嘛。」

直到現在，才子才意識到射入房間的光線。從亮度來推測，大概是上午吧。無疑是平常大家忙著工作，才子忙著睡覺的時間。此時她注意到一件事。

「媽媽跟不知仔也蹺掉視察了嗎？」

就是因為上頭要視察的緣故，才子才會逃走。

「我們又不是妳！」不知一口否定。

「才子，不知道妳還記得多少。有個『喰種』剛好在場，撞見使出赫子的妳和瓜江，於是露出了馬腳。」

好像有這麼一回事又好像沒有。

「然後那隻『喰種』逃往的地方又有另外好幾隻『喰種』。不過全都是些低等級的雜碎就是了。於是本大爺順手解決了那群『喰種』。」

「是跟瓜江一起解決的，對吧？」

「那是我的功勞！」不知噘著嘴反駁。不過貢獻比較多的恐怕還是瓜江吧。

但這件事跟視察有什麼關係？

「上級原本是想藉機鞭策一下最近成果不太理想的Qs，才決定實施這次的視察。不過在那之前Qs就拿出成果來了。」

「意思就是只要拿得出成果，他們就沒理由再對我們說三道四啦。所以視察的事就取消了。」

「畢竟抓到『喰種』後，將他們移送到庫克利亞，以及確認資料，撰寫、提出報告書之類的文書作業才是主要的事後工作。特地來這裡看我們處理雜務也沒什麼意義吧。」

Qs在勤務時間外捕獲「喰種」，而且還是在沒有攜帶昆克的情況下拿出成果，沒有什麼比這次的行動更能展現Qs的優勢了。

琲世迅速解決跟督察之間的應酬後，便趕回家照顧受到赫子的影響而倒下的才子。不知在戰鬥結束後直接前往〈CCG〉。他也是先完成了大部分的事後處理，才暫且返回宅邸一趟。

「才子，這次妳使出赫子的事，我們把原因歸於妳察覺到『喰種』的存在。沒有告訴其他人，妳是因為太想玩遊戲才會失控。不過嘛，也多虧妳這麼亂來，我們才能抓到那些『喰種』，所以嚴格來講也沒撒謊。」

關於這個部分，班長瓜江和琲世似乎順利把事實掩蓋過去了。大概是瓜江判斷要是讓眾人知道才子失控，免不了會被扣分。

但這些事對才子來說都不重要。

「啊！我的遊戲……！」

現在早已過了電玩店的開店時間。才子奮力坐起身來，但是一陣暈眩又讓她立刻倒回床上。

「妳看，就教妳別勉強自己了……還有。」

琲世對不知使了個眼色。不知立刻從塑膠袋中拿出一個四四方方的盒子。

上頭的標題寫著「嘶吼吧！鯨頭鸛！」封面畫著一隻鳥喙巨大，眼神凶惡的鳥。

是才子期待已久的遊戲。

「這是我去附近的電玩店買的喔！不過總覺得飄著超級糞作的味道。」

不知的眼神像是在說「有必要為了這種遊戲那麼拚命嗎？」，他將遊戲和收據一起交給琲世。

「畢竟這是才子期待已久的遊戲。這次的事情從結果上來看，對Qs來說算是往好的方向收場。所以這個就送給妳當禮物。」

琲世將遊戲遞給才子，是她等得心焦的本日新發售遊戲。

但是才子卻搖了搖頭。

「……不對。」

「咦？」

「啊？」

聽見才子的否定，琲世和不知都僵硬了。

「可是，透那傢伙確實跟我說是這款沒錯！」

該不會是自己買錯了吧？不知著急起來。

「是這款沒錯但是不對！」才子大吼。

「這個沒有附贈預購特典的異色版鯨頭鸛和鳥喙裝飾品……！」

遊戲這種東西，有時候會根據不同的販售店家而有不同的特典。才子當初看上的是早期預購就能得到贈品的方案，因此才特地向熟識的電玩店預購。

如果不是她想要的東西就沒有意義了。

「我……非得去買才行……！」

才子硬是撐起身子打算爬下床，但怎麼樣也使不上力，咕咚一聲就直接滾到地上。

「才子！」

「妳在幹麼啦！」

「鯨頭鸛……鳥喙裝飾品……！」

才子趴在地上匍匐前進，琲世不禁抱頭。

「我去買！我立刻去店裡買妳預購的遊戲就是了！」

琲世悲痛的呼喊響徹整個宅邸。

照顧一個幾乎可說是家裡蹲的搜查官實在不是一件輕鬆的事。

TOKYO GHOUL :re

#002
[union]

Novel [quest]

永遠躲在別人的羽翼下，到頭來只會一事無成，失去所有。

所以她希望自己也能有足夠的力量幫助別人，於是鼓起勇氣踏入陽光照耀不到的大樹底下。

一

「妳先回去，雛實。」

聽到有人叫自己的名字，她大夢初醒似地抬起頭。

笛口雛實。

「青桐樹」是一個立志創造「對『喰種』友善的世界」而組織起來的團體，她則是「青桐樹」成員。「青桐樹」為達目的不擇手段，作風相當激進，經常與「喰種」的天敵〔CCG〕發生激烈的衝突。

眼下便是如此。

雛實看著站在住商大樓的屋頂上，仔細觀察對面廢棄大樓的他。

端正的臉孔上覆蓋著一個黑色的「兔子」面具，他就是青桐樹的幹部霧嶋絢都。

絢都盯著正打算踏入那棟廢棄大樓的幾個喰種搜查官。那棟廢棄大樓直到方才都還是絢都和雛實兩人與青桐的低階成員交換情報的場所。就在事情辦到一半的時候，他們感覺到有人悄悄接近的氣息，於是便逃到這棟住商大樓的屋頂上。

「絢都……」

「妳很礙事，快走！」他頭也不回地說道。雛實明白他隱藏在冷言冷語之下的體貼，不禁悲從中來。

——啊，又來了。

「你自己要小心。」雛實留下這句話後，便動身往青桐的據點前進。她背後的絢都從屋頂上縱身一跳。

接下來就是殺戮的開始。

五感特別優秀的雛實，耳中傳來人頭落地的聲音。她反射性想摀住耳朵，但還是放下了雙手。因為這些聲音也能讓她確認絢都是否安然無事，連雛實的份一併殺戮的絢都。

雛實聽著人們絕望的聲音，緊緊按住胸口。

不管自己去到哪裡，依舊只能接受他人的保護。

「……妳別一副悶悶不樂的樣子。」

雛實回到據點後，抱著膝蓋靜靜坐在一角，很快就聽見熟悉的足音逐漸向自己靠近。她猛然抬起頭，絢都帶著嫌惡的表情出現在房間的入口。

「你沒受傷吧？絢都。」

雛實連忙起身，擔心地追問著。「……沒事。」絢都只淡淡回了一句。他這一點跟「姊姊」真像。絢都看著放下心來的雛實，隱約感覺到她似乎把自己跟某人重合在一起。「不要這樣。」他警告雛實。

「我已經跟多田良報告完畢了，妳也去休息吧。」

「那你呢？」

「去做下一個工作。」

絢都輕描淡寫地說完之後便走出房間。這下子又剩下雛實一個人，她靠在牆壁上嘆了一口氣。

隨著青桐的勢力擴張，絢都的負擔就愈來愈重。說不定雛實也是他肩頭上負擔的一部分。一想到這裡，雛實就覺得心裡難受。

「……我不能老是這樣！」

雛實雙手「啪啪！」拍著自己的臉頰，想藉此趕走灰暗的心情。
「送點絢都會喜歡的東西，向他道謝吧。」
嗯！雛實用力點頭，給自己打氣。但還是想不出什麼好主意。
「……」
就在她左思右想的時候，腦海中浮現了另一個身影。
「……姊姊。」
霧嶋董香。她是絢都的親姊姊，也是「喰種」，過去一直很照顧失去母親的雛實。她的個性強勢，有些火爆易怒，但無論何時都對雛實很溫柔。
只要跟絢都在一起，她就會常想起董香。然後就像拉起串珠的絲線一般回想起「安定區」。
「安定區」位於20區的咖啡廳，也是董香打工的店家。
那個地方有人類也有「喰種」，瀰漫著店長芳村所營造出來的閒適氣氛，是個令人安心的場所。雛實也是在那裡與「大哥哥」相遇。
董香常常煮美味的咖啡給雛實享用。她所煮的咖啡雖然偶爾會出現一點雜味，但依然讓人讚不絕口。

「啊……對了！」

雛實挺起靠在牆上的身子，雙手合十。

「咖啡！」

如果能煮出好喝的咖啡，說不定也能讓絢都高興。

只是這裡不像「安定區」，沒有煮咖啡的用具，也沒有咖啡豆。

就算不能蒐羅到跟店裡一樣高級的用品，至少也要有最低限度的工具才行。

雛實決定出門採購煮咖啡需要的各式物品。

二

翌日，雛實將自己負責的解析工作大致完成之後便走出房門。雖然她平時比較習慣在夜晚行動，但既然要購物，就得配合人類活動的時間帶才行。加上雛實不確定自己要買的東西在哪裡，應該也會花上不少時間。

「……啊。」

明明是日正當午，據點的走廊還是一樣陰暗。雛實沿著走廊前進，撞見一頭白髮的青年，他的身上纏著染了血腥味和腐爛氣息的繃帶。雛實的身體微微地僵了僵。

此人是青桐樹施行喰種化手術的成功體，貓頭鷹。當他還是人類的時候名為瀧澤政道。他正把一個球狀物踢著玩。

「……妳要出門嗎？小雛雛。」

他是現在才發現雛實，還是打從一開始就注意到她了？瀧澤的頭不自然地傾向一邊，一雙眼睛直直盯著雛實。但雛實總覺得瀧澤的眼中其實並沒有她的身影。

對於雛實而言，這位原本是人類，後來被改造為「喰種」，就連精神層面都遭到破壞的瀧澤，是她難以直視的對象。

「那個……」

「妳如果有空，要不要跟哥哥一起踢足球？」

瀧澤將腳下拿來當球的東西往雛實的方向踢去。雛實看見離自己愈來愈近的物體，不由得驚慌地喊出聲來。那是一顆腫脹到分不出性別，鼻子被削落，傷得面目全非的腦袋。

「不要……」

雛實像逃難似地躲開，人頭就這麼咕咚一聲滾落在地。聽起來跟昨天絢都斬落的人頭很像。

「踢啊踢啊！快點踢回來！」

咚！瀧澤一躍，瞬間就拉近兩人的距離。他撿起地上的人頭，往雛實的鼻尖送。

「怎麼踢都踢不爛呢……如果腦漿流出來，哥哥再餵妳吃吧。」

雛實轉過頭閉上眼。

我不想看，我想逃離這裡，誰來救救——

「自己的東西自己吃！」

就在此時，一個凜然的聲音在走廊上響起。聲音的主人是「刃」的首領——草刈美座。雖然她的個子比雛實嬌小，又生得一張娃娃臉，卻是青桐的幹部之一。

「如果你不要就給我。」

美座伸出小小的手。「嘻嘻！」瀧澤先是將腦袋藏在背後，接著又再度將那顆腦袋抱在懷中，像小孩子一樣發出咯

咯的怪笑聲離開了。雛實鬆了一口氣，輕拍自己的胸口。

「真是個噁心的傢伙……」

美座冷眼看著瀧澤離開，嘴裡念念有詞。

「不好意思，真的很謝謝妳。」

「沒什麼，我只是嫌他擋路罷了。不用放在心上。」美座一派輕鬆地說道，「對了，妳不是要去辦什麼事嗎？」

「啊，是的。我想去買咖啡豆和煮咖啡的用具……」

「咖啡？」

美座大惑不解。

「我總是受到絢都的照顧，所以想煮杯咖啡給他表示謝意。」雛實向美座解釋，「我想親手從咖啡豆開始煮起，而不是買外頭的罐裝咖啡。」

「說起來，妳跟絢都的關係還真不錯。」

不知道為什麼，美座的語氣聽起來有些羨慕，但她很快就恢復平常的表情。

「可是大白天的一個人出門，不會太危險了嗎？到處都是搜查官啊。妳並不擅長戰鬥吧？」

雛實主要的工作是提供後方支援。雖然有時會為了保護其他人而使用赫子，但美座說得沒錯，她並不擅長戰鬥。這不是能力的問題，而是性格。這也給絢都帶來不少麻煩。

「如果遇到危險，我會逃走。」

「靠妳那對靈敏的耳朵也不是辦不到，可是……啊，既然如此……」美座看著雛實，似乎想到什麼好主意，「我今天有一點時間，就陪妳一起去吧。」

「咦？可是……」

「白天的陽光雖然會讓我感到不適，但偶爾晒晒太陽也無妨。而且我也對從咖啡豆開始煮起的咖啡有點興趣。」

美座有這個心意，雛實固然高興，但她心裡還是覺得過意不去，好像無端將美座拖下水似的。不過美座只拋下一句「我去跟同伴說一聲」就去做外出的準備了。雛實對著那嬌小的背影鞠躬致謝。

天氣很好，炙熱的陽光從一望無際的晴空中灑落。

「果然很刺眼。」

美座為了讓自己在大太陽底下不要太顯眼，她脫下平常那套方便使用赫子且利於行動的寬鬆衣袍，換上人類的服裝，模樣看起來更加年幼。雛實平常只有在進行任務的時候跟她有所交流，因此感到特別新鮮。

「美座小姐，妳穿起洋裝真可愛。」

「別說了，我都已經過了三十歲。」

美座臉上浮現困惑的表情。

「我們這一族的『喰種』，身材都很矮小。繼承濃厚血統的我又比其他人更小一號。」美座繼續說：「我們經常因為外表的關係被人瞧不起。」

雛實心想，自己該不會說了很失禮的話吧。「對不起。」她連忙致歉。

「沒關係。」美座爽快地回覆，「要是像白西裝那群傢伙，老是左一聲老太婆、右一聲老太婆，我聽了也會不爽。」

白西裝是由過去13區的傑森所掌管的組織。如同名稱所示，每個成員都身穿白西裝，彼此以結義兄弟相稱。現在接管組織的是「喰種」——啼，他有時也會和美座的「刃」一起出任務。講好聽一點是聯手，但實際上白西裝的人總是我行我素。

「美座小姐經常都在支援啼先生呢。」

啼雖然力量很強，但是在智慧方面有顯著的問題，常常感情用事，做事不經大腦思考。雖說這也是他坦率可愛的一面，不過雛實總覺得美座好像一直都不辭勞苦地從旁照顧他。

「啊？我是逼不得已！逼不得已啦！」

美座立刻尖聲否認，把雛實嚇了一大跳。美座看到雛實驚嚇的樣子，連忙穩住聲音說道：「那是因為我不想被他連累。」

「那個笨蛋一旦認定對方是敵人，想都不想就會衝上前去。或許是因為他對自己的力量有信心，但領導者不懂得瞻前顧後，只會害部下生出好幾條皺紋。」

「啊。」雛實忽然想起。

毫無疑問，美座也是身處上位的人。

「或許可以說是我們的價值觀不同，但我還是認為同伴的犧牲愈少愈好。當然最好的情況就是大家都不用犧牲，但那實在太難了。」美座黯然，「世上並沒有這麼美好的事。」

那是經歷過許許多多生離死別的人才會有的眼神。儘管心中懷著傷痛，如今的美座依然為了同伴繼續戰鬥。

雛實的腦海中閃過一個身影。顏色脫落的白髮隨風飄動，孤身一人戰鬥的「大哥哥」。

金木研。

教導雛實語言之美的人。

以前每當金木溫柔地對著雛實微笑，她的心就會暖和起來。但現在這份回憶只會讓她感到哀傷。

「可是一般來說，『可愛』這個詞應該是用來形容像妳這樣的人吧？」

美座對不知不覺緊閉雙脣的雛實說道。

「……咦？」

「該怎麼說呢，男人看了會想保護妳？不對，不只是男人，妳身上就是有股激起他人保護慾的氣質。」美座加了一句：「跟我大不相同。」

她這麼說其實並無惡意，但這一席話卻讓雛實為之窒息。

「笛口？」

總是保護別人的人和總是受到保護的人之間，大概有著一道無法跨越的界線吧。

——妳什麼都沒做。

——妳每一次失去重要的人，原因都出在妳自己身上。

——因為妳太弱了。

有如詛咒般深深烙印的話語在腦中響起。

高槻泉是一位以優美的詞藻讓雛實無比沉醉的作家，而她在這裡的名字是愛支。是她把真相告訴受到眾人溫柔呵護的雛實，然後邀約她加入「青桐樹」——一個跟她筆下的小說世界一樣，散發著灰暗死亡氣息的組織。

雛實認為，只有待在青桐樹才能徹底捨棄軟弱的自己，變得更加堅強。只是她明明想要改變自己，實際上卻總是受到別人的幫助。

過去是母親，還有金木。

現在則是絢都。幾分鐘之前甚至還被美座搭救。

「我……很羨慕美座小姐。」

雛實終於忍不住透露出真心話。

「美座小姐總是站在第一線保護同伴。而我只能待在後方……躲藏在大家的影子下行動。我到底該怎麼做才能成為一個有能力保護別人的人呢？該怎麼做才能為大家派上用場……」

雛實愈說愈覺得自己好丟人。她就是這點最糟糕。

美座不知道該怎麼回應才好，盯著雛實說道：

「……雖然我不知道妳都在想什麼，但每個人都有自己的立場。既然有人站在上位指揮，自然也要有人負責支援。」美座繼續補充：「而且，我很看重妳的能力。尤其青桐裡頭一堆傢伙都聽不懂人話，妳是非常貴重的存在。同時也是貴重的『女性同伴』。妳今天上街就是為了聊這些話題嗎？應該不是吧？」

經美座這麼一指點，雛實想起了自己本來的目的。

「咖啡……」

「沒錯。」美座點頭，「第一要務是把該辦的事情辦好，有什麼話等辦完事再說。而且妳看太陽這麼大！」

站在驕陽下的美座像是畏懼著日光，眼睛都瞇成了一條線。

「對、對不起。」

雛實終於邁步向前，跟在她身後的美座輕輕嘆息。

「女人嘛，總是有幾天特別悶悶不樂。」

難道美座小姐也有煩惱的時候嗎？雖然很想發問，但雛實又硬生生把話吞了回去。

雖然煮咖啡的用具百百種，但雛實必須購買方便在據點使用的東西才行。不太確定得買哪些用具的她，向店員仔細詢問過後，終於決定好要添購的品項。

分別是磨咖啡豆的磨豆機、濾杯和濾紙、注入熱開水的長嘴壺、還有用來盛裝過濾後咖啡的咖啡壺。

「只剩下咖啡豆了。」

雛實和美座一起來到咖啡豆的專賣店。一踏入店門，滿溢的咖啡香氣幾乎要將兩人淹沒。但這並非不快的感覺。

雛實回想起過去跟姊姊一起來買咖啡豆的時候，也曾像現在這樣對著

一室的香氣驚奇不已。

「真是驚人。」

美座似乎也對香氣強烈的程度感到吃驚，鼻子不斷抽動著。

「咖啡豆也有許多種類。」

玻璃櫃中整整齊齊擺放著各式各樣的咖啡豆。

「妳已經決定好要買哪一種了嗎？」

「還沒有……不過我心裡有底。店員，不好意思。」

雛實叫來店員，請對方讓她確認咖啡豆的氣味。

「……」

她一種一種仔細確認，在腦中對照著董香常喝的咖啡所散發的香味。雖然不記得豆子的種類，但香氣確實留在記憶當中。

「就是這個！」

找到和記憶中相符的氣味後，雛實便買了一袋咖啡豆。

三

「美座大姐，歡迎回來。」

兩人回到據點，一位隸屬於「刃」的「喰種」很快就出來迎接，不知道是不是在等美座回來。

「三下，有沒有什麼問題？」

「一切正常。外頭感覺怎麼樣？」

「陽光很刺眼。還有咖啡豆的香氣很驚人。」

「是喔～」

兩人說話的態度親暱自然，感覺不到上下關係。當然，三下的眼中充滿著對美座的敬意，雖實總覺得兩人似乎是被一種不可思議的羈絆連接在一起。

仔細想想，「刃」的團結力量有種家族的感覺。

方才外出的時候，美座有稍微提到自己那一族的事。或許兩人打從出生的時候就已經認識，站在各自的立場上互補不足，一起生存到現在也不一定。因此他們之間沒有誰尊誰卑，也並非單向通行，而是對等的關係吧。

在血腥的青桐裡，像這樣夥伴緊密相繫的模樣讓雛實萌生一股安心感。

——我是不是把自己逼得太緊了？

只注意到自己辦不到的事，然後就自顧自陷入沮喪當中，到頭來只是讓周遭的人擔心。

雖然不能一味依靠他人、將負擔強加在別人身上，但對雛實來說，拋開迷惘，腳踏實地做好只有自己才辦得到的事，不就是最好的做法嗎？

一想到這裡，美座口中那句「第一要務是把該辦的事情辦好」，在雛實心裡也踏實了起來。

「對了，絢都在嗎？」

「霧嶋嗎？沒瞧見他耶。大概還在工作吧？」

「這樣啊。」

美座遺憾地看著雛實買回來的東西。

「費了好一番工夫才買齊呢。不過他應該很快就會回來了，妳就煮杯美味的咖啡給他喝吧。再見。」

美座認為自己的職責已經完成了，正打算要離去。「那個！」雛實開口將她叫住。

「嗯？」美座回過頭。

雛實取出裝著咖啡豆的袋子。

「美座小姐要不要也喝喝看呢？」

聽見意想不到的邀請，美座眨了眨眼睛。

「那些都是妳為了絢都而買的吧？」

「可是我也讓美座小姐陪我四處奔走……我希望妳也能一道享用。」

「嗯……」聽見雛實這麼說，美座偏著頭想了想，「但我覺得第一杯還是留給那傢伙比較好……」

停頓了一會兒，美座點點頭說：「我知道了。」

「妳大概也不太習慣在這裡煮咖啡，我就充當妳的練習台吧。而且……」美座的表情柔和，「咖啡豆的香氣也很迷人。」

雛實臉上也跟著浮現笑容。好久沒有這種感覺了。

「我想想，記得應該是……」

雛實準備好熱開水，第一個步驟是將熱開水倒入杯子和咖啡壺中溫杯。

「安定區」的工作人員，無時無刻都充滿喜感的古間圓兒曾說過：

『如果想要煮出一杯溫暖客人內心的咖啡，就必須先讓產生那份溫暖的工具熱起來才行。』

跟古間同為「安定區」工作人員的入見佳耶聽見這句話之後，立刻催促『動作快一點啦！』。

雛實順著記憶進行作業。

「看起來很費事呢。」

跟著美座過來的三下興致勃勃地說道。

「下廚就是這麼一回事吧。那些有錢的喰種用餐的時候，好像也會在人肉上下足工夫調理。」

「是喔。雖說我們隱身在地下的時候也會製作肉乾之類的東西，不過還是跟那些精心烹煮的料理不一樣吧。」

雛實細心地磨著咖啡豆，再將磨好的咖啡粉放入濾杯上的濾紙中。

『從這裡開始是重點喔，小雛。』

沉穩的口氣出自「安定區」的店長芳村。

「我記得一開始先倒入少量的熱開水……」

熱開水從細長的壺嘴中緩緩流出，在咖啡粉上暈開，牽引出濃濃的香氣。「好香啊！」三下低語，美座也點頭同意。

『這個時候要稍微等一下。』

西尾錦一臉不耐，望著悶蒸中的咖啡。

「……接下來，像在描繪『の』字一樣……」

雛實以前總是坐在「安定區」的吧檯上欣賞。

金木、董香、古間、入見、錦、芳村，大家都是用這樣的方式煮咖啡。

「讓妳久等了。」

雛實將好不容易煮好的咖啡倒入咖啡杯，遞給美座。

「那我就不客氣了。」

她用兩手接過杯子，輕輕靠在嘴邊。雛實緊張地看著她的動作。熱騰騰的咖啡溫熱了美座的唇，靜靜滑入口中。她的喉頭隨著吞嚥輕輕上下移動，很快又再次響起咕嚕的聲音。

「……很好喝喔！笛口！」

美座放下杯子後看著雛實，表情相當溫和，一看就知道不是在說謊或是講客套話。

太好了。

正當雛實這麼想，不知為何淚腺也跟著鬆了。

回想起「安定區」的眾人總是溫柔地看著雛實享用他們煮給她喝的咖啡。雛實的腦海中再度浮現他們鮮明的樣貌。

——「安定區」的方針是同伴之間互相幫助。

這句話溫柔地撫過雛實的心。

她低下頭掩住情緒，指尖輕輕拭著眼角。重新整理好心情後，雛實也想喝喝看自己煮的咖啡。

「我聞到一股很棒的惡臭喔！」

突然響起一個強而有力的聲音。

美座大吃一驚，猛然回頭一看，現身的是白西裝的首領——啼。

「嘎嘰。」

「咕滋。」

啼的貼身護衛嘎嘰和咕滋就站在他的兩側。

「大哥，『惡臭』是形容很難聞的意思。但這個味道很……啊，老太婆手上好像拿著什麼！」

「那是咖啡啊，大哥。」

啼身後另外兩位是輔佐他的白西裝幹部──頰黑和井寺承正。

「喔！就是這個嗎？」

啼一把奪過美座手上的咖啡杯，豪氣萬千地一飲而盡。

「喂！你搞什麼、間、間接接……！」

美座紅著臉大叫。啼完全不把美座的反應放在心上，他將咖啡喝個精光之後瞪大雙眼。

「美啊啊啊啊啊啊啊啊！」

啼狂吼。

「大哥好像羊在叫。」
啼低頭猛瞪著見底的咖啡杯。
「這咖啡是怎麼回事！跟那些被我踹壞的山洞販賣機掉出來的東西味道完全不一樣！」
「大哥，是自動販賣機。」
「這就是那個嗎？傳說中『只接熟客』的店會賣的東西？」
「是熟客吧。」
講起話來錯字連篇的啼整個人興奮得不得了。
「老太婆，這東西是哪來的？」
啼拿起空咖啡杯在美座眼前晃了晃。美座粗暴地搶走杯子。
「跟、跟你沒關係啦！真是受不了，你到底在幹麼……」
美座緊握著咖啡杯，微微顫抖著。
「嘎嘰嘎嘎。」
「咕滋。」
雖然雛實聽不太懂嘎嘰跟咕滋在說什麼，不過他們似乎是在對啼示意自己手中的咖啡壺，壺裡還剩下一些咖啡。

「雛實！這咖啡是妳做的嗎！」

啼的眼神閃閃發亮，一屁股坐到雛實的正前方。

「啊，是的……我今天剛去買用具回來。」

「再來一半！」啼指著咖啡杯命令。「是一杯吧。」美座一臉厭煩地替他訂正，「拜託，那些都是笛口的東西……」

美座正打算把啼趕開，不過啼立刻身子往前一傾說道：

「我也想給其他人喝喝看！」

啼果然也是首領。他身後的同伴都一臉感動地望著彼此。雛實點點頭。

「我來煮大家的咖啡，也會替美座小姐重煮一杯，三下先生也有。」

「笛口，可那是……」

「我會留下絢都的分，所以不打緊。」

雛實朝著為她擔心的美座笑了笑。

「而且我現在也想請大家喝咖啡。」

接下來，雛實便開始替啼他們煮咖啡。

啼不只要請在場的同伴喝咖啡，他還一個個把白西裝的「喰種」都叫過來，所以雛實忙得不可開交。

美座終於忍不住破口大罵不懂得收斂的啼，就在氣氛變得劍拔弩張的時候，啼硬是要求雛實：「那就最後再給我一半。」

「可不能漏了壁虎天神大哥那一份！」他強調。

啼打從心底仰慕的壁虎已經不在這個世上了。雖然不知道他要如何把咖啡拿給壁虎，但既然他這麼要求，就表示他真的很中意雛實煮的咖啡吧。

當雛實把煮好的咖啡倒進杯子裡遞給他，他小心翼翼地捧著杯子，喊了聲「感射妳！」就離開了。他想說的應該是感謝吧。

鬧了半天，剩下來的咖啡只夠再煮兩杯。精疲力盡的美座說：「剩下來的留著妳跟絢都兩個人喝吧。」說完便回去她的住所。

雛實也回到房間，再次確認咖啡豆的量。

「……」

四

那天稍晚的時候，絢都終於回來了。

「啼那傢伙手裡拿咖啡杯，對著天空不停大喊壁虎的名字，那是在做什麼？看起來簡直像在祈雨一樣。」絢都咕噥著。剛回來就看見莫名其妙的光景，他想必相當困惑吧。雛實自己也嚇了一跳，她怎麼也沒想到啼會有那樣的舉動。

雖然她也想好好說明，但直接把東西拿出來可能比較快。

「絢都，你今天已經忙完了嗎？」

「嗯？是啊，終於。」

絢都撫著脖子吐了一口氣。一連串的任務似乎讓他累積了不少疲勞。

「不好意思，可以借我一點時間嗎？很快就結束了……」

或許應該早點讓絢都早點休息，這樣對他比較好。雛實低著頭，偷偷望向絢都。

「那就快點。」絢都一副拿她沒辦法的樣子。他這一點也跟董香很像。

雛實將開水煮沸，準備好用具。

「啼拿著的東西就是這個？」

絢都提起裝咖啡豆的袋子，終於搞懂了。

「是我今天去買的，他好像很喜歡……」

「袋子裡頭已經所剩無幾了。」

絢都說得沒錯，裝咖啡豆的袋子空空蕩蕩，可見雛實今天煮了多少杯咖啡。拜此所賜，她的動作也變得俐落許多。

雛實取出一杯份的咖啡豆，細細磨著。每一道程序都小心翼翼，她要拿出今天訓練的成果。

跟一開始在這裡(青桐)遇見的時候相比，絢都無論是在外表或是精神上都有所成長，言談中已經不那麼帶刺。儘管態度冷淡，實際上還是處處替雛實著想。

——妳根本沒有必要加入「青桐樹」……不是嗎？

這是在多田良命令雛實肅清叛徒，後來由絢都代替無法動彈的她下手的那一天，絢都對她說的話。

除此之外，絢都也對雛實說過，她並不適合待在青桐這種地方。或許他說得沒錯，但即便如此，雛實依然不願逃離此處。

雛實將熱開水倒入咖啡粉中，一股香氣裊裊而上。美座和啼他們似乎都很享受這一瞬間的香氣，不過雛實偷偷望向絢都，他卻好像在思索什麼似的，只是靜靜看著她的動作。

絢都本來就不是多話的人，但默不作聲的他感覺起來跟平常好像有點不太一樣。興許他又想起了什麼吧。

「好了，請用。」

雛實將咖啡倒入杯中，遞給絢都。不知道他是不是在發呆，雛實出聲喚他之後，隔了一會兒才聽見他回了一聲「喔」接過杯子。

「……」

絢都用緩慢的動作以杯就口，喝下咖啡。

「……」

「味道……怎麼樣？」

雛實詢問默默不語的絢都。

「……妳為什麼突然想到要煮咖啡？」

絢都直勾勾盯著咖啡回問。

從絢都的角度來看，或許覺得雛實的行動太過突兀，沒有一絲脈絡可循。

「我想跟你道謝。」

「道謝？」

方才一直顯得有些走神的絢都，終於把視線轉回雛實身上。

「因為我老是給你添麻煩。」

「……」

絢都再次低頭看著咖啡，拿到嘴邊，沉默地繼續喝下去。

然後他放下一滴不剩的空杯子，說道：

「……我會去買新的咖啡豆。」

沒有任何對味道的感想，但是單單這句話就已經將他的想法表露無遺。

「我下次再煮給你喝！」

儘管躲在大樹的枝葉下，過著暗無天日的生活，但是前方一定會有光明。雛實心中不可思議地湧現這樣的想法。

這給她小小的勇氣。

因此雛實動手煮起最後一杯咖啡。

她拿著杯子，走向樹的深淵。

「不好意思……」

眼前這位全身包覆著繃帶，踏著輕巧的步伐享受夜風的女性，就是邀請雛實加入青桐樹的高槻泉，也就是愛支。野呂像往常一樣形影不離地站在她身邊。兩人應該早已察覺雛實的存在，但是卻連看都不看她一眼。

「那個……」

雛實再次擠出聲音，愛支終於看向自己。

「有什麼事嗎？小雛雛。」

雛實將咖啡遞給「呵呵」笑著的她。

「這個……是我煮的……請妳品嘗看看。」

雛實硬是扯開笑臉，想掩飾自己僵硬的表情。

愛支「咚」一聲從樹上跳下來，在雛實身側著地，興味盎然地看著她手上的咖啡。

周圍的空氣一下子變得沉重，連呼吸都開始感到困難。雛實只是苦苦忍耐著。

愛支終於接過咖啡杯。正當雛實以為她要一飲而盡時——

「啊！」

咖啡杯在雛實眼前上下顛倒。

杯中的咖啡滴落在地，就這麼四散開來。幾顆濺起的水珠不偏不倚落在雛實的腳上。

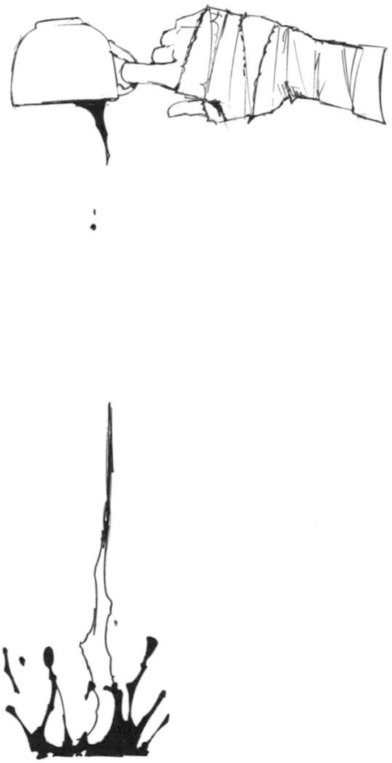

愛支放開手，任由杯子掉落在流滿咖啡的地上。

喀鏘。

「多謝招待。」

那一聲，破碎的不只是咖啡杯。

愛支咯咯笑著，踏著跳舞般的步伐離開。

一直到看不見她的身影，雛實才跌坐在地。

她張口彷彿要說什麼，但最後還是什麼也沒說。

原本熱騰騰的咖啡漸漸變溫，然後冰冷地死去。

才剛萌芽的一絲微光也被絕望塗抹殆盡。

或許將來有一天，自己也會在這塊樹根上腐朽，成為大樹的養分吧。

TOKYO GHOUL :re

#003
[effect]

Novel [quest]

一

「現在是鈴屋先生的點心時間，所以他抽不開身。」

鈴屋班的環水郎不卑不亢地回覆眼前這位急著催他去聯絡，完全不聽他說話的人。

13區負責人鈴屋什造擁有特殊才能，破格的拔擢更顯露他的實力非凡。由他率領的鈴屋班精英雲集，不僅僅在〔CCG〕聲名大噪，就連「喰種」也望之生畏。

班員雖然都很年輕，但全體都拿過或多或少的勳章。不管是身處連搜查員都會害怕的激戰區，還是令人不忍卒睹的慘劇現場，他們照樣能完成任務，帶著不容置疑的成果凱旋歸來。

有些不了解內情的人，見到他們優秀的表現，就以為鈴屋班的人肯定像教科書一樣循規蹈矩。但實際上這個班充分反映出班長什造的性格，成員的行為舉止都超乎常人。有時候就連高層都不知道該拿他們怎麼辦。

就像現在。

這裡是位於〔CCG〕總局的鈴屋班業務室。上門來找什造的人是〔CCG〕的智囊，隸屬對策II課的丸手齋，職等是特等搜查官。

而面對這樣的大人物，卻直截了當表示「什造正在吃點心，沒空見人」的傢伙，就是環水郎二等搜查官。

外表看起來與實際年齡相符的他，長相樸實，散發出的氣質就像個隨處可見的普通大學生，但這樣的他確實隸屬於精銳齊聚的鈴屋班。只是班中就數他資歷最淺。

以水郎的想法來說，他只是單純描述一個事實。但丸手聽了火冒三丈，怒道：「這哪能算是理由！」隨後氣沖沖地往裡頭闖。水郎擋不住丸手，只能一臉抱歉地目送他進去。

「有什麼事嗎？」

鈴屋班的班長——鈴屋什造偏著小小的頭，看向像火車頭一樣衝進來的丸手。現在已經是準特等搜查官的他，有一張美麗妖魅

的臉孔，彷彿像是一尊精心打造的人偶。而這個人正捧著一顆大泡芙。這顆泡芙是人氣甜點店的熱銷商品，店家會在客人購買之後才擠入卡士達醬，因此食用時可以享受到比一般泡芙更加酥脆的口感。

「關於拍賣會襲擊那件事，我有話要問你……喂！不要吃甜點了！啊～算了算了……！」

丸手試著警告只顧吃泡芙，完全不把自己放在眼裡的什造，但他很快就領悟再跟他扯淡下去事情也不會有進展，於是立刻放棄說教。

那是由「喰種」舉辦，把擄來的人類當作競標商品的暗黑拍賣會。

為了擊潰拍賣會，〔CCG〕前些日子才剛執行一場大規模的作戰。鈴屋班，尤其是什造成了作戰計畫的中樞，不僅表現亮眼還立下大功。

同一個時間，另一邊正在移送精製昆克不可缺少的特殊素材「昆克鋼」，而丸手正是移送任務的負責人，因此他只能從文件上去了解拍賣會襲擊作戰的相關事項。大概也是因為這樣，他才會特地跑到這裡找什造問話。

（現在可是點心時間啊～）水郎看著眼前的光景，一面心裡默默想著。鈴屋班做任何事都以什造的需求為優先考量。

「……丸手特等剛才氣呼呼的呢。」

丸手是趁著休息的空檔過來問話，但是文件上沒有記錄的部分太多，丸手自己的獨特觀點又衍生出不少疑問，到頭來還是確認不完。他最後只扔下一句「待會到我辦公室找我！」便匆匆離開。

「他是不是缺少糖分啊？」什造一邊說，一邊舔著沾在手上的卡士達醬。

「鈴屋前輩，請您使用這個。」

在什造身邊站得筆直的阿原半兵衛見狀，立刻恭恭敬敬地遞上溼紙巾，嘴裡念著「準備周到的半兵衛」。

人高馬大，留著一頭旁分黑色長髮的阿原半兵衛，是什造的搭檔兼照料者。他跟水郎都來自〔CCG〕學院青少年部，而且還是同期生。

「如果是拍賣會的事，去問和修準特等不就什麼都清楚了。」

負責指揮這次襲擊行動的和修政，人就在丸手隸屬的II課。

「……有傳言說丸手特等與和修準特等關係似乎不太融洽。照這個情形來看，會傳出那種謠言也無可厚非。」

回答的是鈴屋班的副班長，雙目像貓咪一樣炯炯有神的半井惠仁。正在翻閱調查報告書的他，用那雙大眼冷冷地看著水郎：「發問之前先想想理由！」半井對待鈴屋班年紀最小的水郎和半兵衛非常嚴厲。水郎聽了悚然一驚。

「水郎，你的表情很有『海王星』的感覺喔。Nice Neptune！」

這個開口閉口都跟宇宙有關，無法期待跟他有什麼正常對話的人，是比水郎早一期的前輩——御影三幸。

他的實力自然不弱，但整個班裡只有他老是散發出一種活在其他次元的氣氛。

「嗯～丸手特等好像還有什麼話沒說完的樣子。」

什造喝下半兵衛遞給他的果汁，站了起來。

「反正也休息過了，我去找他一下。」

「那麼請讓不才半兵衛隨行……！」

「你跟大家一起待在這裡留守吧。」

半兵衛平常總是在什造身邊照顧他，聞言不禁沮喪地垂下頭。「我走囉。」什造一點也不放在心上，逕自走出房間。

「……喂。」

什造前腳剛走，半井就一把架住半兵衛的肩膀。

「既然不方便在這裡談，肯定是關於大夫人的事吧。拜託你也機靈點，不中用的傢伙。」

感覺肩膀快要被扯下一塊肉的半兵衛連忙大聲求饒：「噫噫噫噫！抱、抱歉！」

大夫人。在這次的拍賣會襲擊戰上討伐的所有「喰種」當中，他是最重要的一個，同時也是養育過什造的人。不管他是多麼殘虐的「喰種」，對什造來說依然是「父親」。什造最後那聲「爸爸」，至今仍在水郎他們的耳邊迴盪。

「雖說星星的成長無法避免受到隕石撞擊，但還是令人難受啊。」

這話聽起來不但讓人一頭霧水，還像在開玩笑，但其實御影也在擔心什造。

儘管什造的言行舉止跟往常沒什麼兩樣，看不出無精打采的樣子，也不像在煩惱著什麼，但他應該也在用自己的方式傷感吧。

「我阿原竟然沒有考量到鈴屋前輩的傷痛。沒神經的半兵衛……」

半井鬆開半兵衛的肩膀後，他癱坐在地上緊咬嘴唇。水郎看見半兵衛那副模樣，不禁喃喃說道：

「要是能夠做些讓鈴屋先生開心的事就好了。」

與其說是為了鈴屋，倒不如說是他自己燃起這麼做的衝動。

這只不過是水郎的自言自語，照理說話題應該到此結束，大家各自回到工作崗位上才對。但是，半井用那雙極有威嚴的眼睛直盯著水郎。

「啊！對不起，是我說錯話了！」

要挨罵了！

水郎雖然不知道半井為何生氣，但還是反射性道歉。

「還不賴。」半井對水郎說道。

「咦？」

「刻意做什麼太招搖的事說不定會引起多餘的風波，但如果不要超出日常生活的範圍，加點平時沒有的調味料應該不錯。」半井點頭，「嗯，試試看吧。」

由你全權負責，一定要完美無缺。

儘管半井沒有說出口，水郎還是有種被他命令的感覺。

「我一個人負責嗎！」水郎大喊。

「你剛才不是說想讓前輩開心嗎？」

水郎確實說了沒錯，但半井提的門檻對他來說實在是太高了。水郎雖然有那個心，但實在沒有自信可以拿出成果。

「環，我半兵衛也會拚死奉陪……！」

一直癱坐在地上的半兵衛立刻站起身來毛遂自薦，但水郎還是提不起幹勁。

「你肯幫忙當然好，但光憑你我二人實在太冒險了！」

「無法否認確實有種力有未逮的感覺……！」

鈴屋班地位最低的兩人一臉狼狽，不知道該如何是好。半井看他們那個樣子，不禁嘆了口氣。

「我沒說不幫忙。」

水郎的表情瞬間亮了起來。

「這、這麼說！」

「嗯。」

看來這次真的得救了。「非常感謝你！」水郎感激涕零地大喊。

「也讓我這顆小行星加入你們的銀河吧。」

看來御影也有意願參加這次的作戰。

「……可是，具體來說應該要做什麼才好？」

眾人照著平常開會的模式回到各自的座位上之後，半兵衛慎重地開啟會談。

「阿原，你平常都隨侍在前輩左右，就由你先提個主意。」

會議才剛開始就被指名，半兵衛嚇得身子猛然彈起。

「好、好的！那個……說到鈴屋前輩喜歡的東西，我認為果然還是甜食。」

「這種人盡皆知的事還需要你說嗎？你活著到底有什麼意義？去死吧！廢物。」

雖然對半兵衛不好意思，但水郎也認為他剛才的回答確實是人盡皆知的廢話。

「還、還有就是去動物園跟長頸鹿先生嬉戲……」

半兵衛偷偷瞄了瞄半井，對方的眼神依然嚴峻。

「另、另外，前輩最近迷上躲貓貓了！」

「躲貓貓嗎……鈴屋先生確實說過還想再玩一次。」

當時只是想打發一下無聊的休息時間，誰知道什造躲得認真，竟沒有半個人找得到他，結果躲貓貓演變成徹夜尋人大戰。什造是說過還想再玩一次沒錯，但半井搖搖頭。

「雖然這是早晚都得雪恥的課題，但現階段我們的實力不足，最後只會讓前輩枯等。尤其阿原跟環又派不上用場。」

半井說得沒錯，跟什造玩「認真躲貓貓」比搜索「喰種」還要困難多了。上次也是靠著半井指揮大局，採取地毯式搜索才好不容易找到他。

順道一提，當時玩認真躲貓貓的時候，什造是躲在他破壞牆壁製造出來的狹小空間裡。而且什造還不知道用了什麼方法搬來一座大櫃子，正好擋住他藏身的地方。誰都料想不到櫃子後面有個洞，裡頭還藏著人。

倘若不是半井察覺到地上隱約殘留著移動櫃子時摩擦的痕跡，他們八成一輩子都找不到什造。

如果躲貓貓也不行，那究竟該怎麼做才好？

半兵衛和水郎絞盡腦汁提出各種主意，卻被半井用道理悉數駁回。

眼看著時間一分一秒流逝，再拖下去什造就要回來了。

「御、御影前輩，你有沒有什麼好主意！請你把星星的耳語透露給我們吧！」

也不知道御影剛才有沒有認真參與會議，但水郎還是抱著死馬當活馬醫的心情向他求助。

「這種時候就應該回到原點，從宇宙的誕生開始研究。」

「問題是再這麼悠哉下去，我們的人生就結束了！」

「哎呀呀……就是因為沒有養成以宇宙規模思考的習慣才會這樣。再多cosmo一點吧！」

雖然原本對御影就沒什麼指望，但實際上發現真的沒得指望的時候還是讓人火大。要不是他有堅強的實力，真想叫他滾到NASA去算了。

不過，半井似乎從御影的話中得到什麼靈感。

「原點嗎……如果從這個角度想，或許還是零食、甜點之類的東西比較好。」

只會否定別人意見的半井，此時終於有一點在思考的樣子了。

「說起前輩常吃的東西，肯定就是布丁了。他不僅喜歡布丁的味道，就連外形都愛得不得了。」

鈴屋班的冰箱擺滿了什造要吃的零食和甜點，尤其是布丁。半兵衛總是時時準備著以免斷貨。

另外，什造喜歡把布丁移到盤子上再享用。不必說，自然是保持形狀完整為佳。他在這件事上有著異於常人的堅持。

「不然我們買些好吃的布丁回來？」

去大排長龍的店家購買、從網路下訂排行榜前幾名的商品，又或者是挑選地域限定的特別品項。準備這種等級的布丁應該就可以了吧？

「不行，光是買布丁回來欠缺趣味。如果要讓前輩樂在其中，唯有那個才辦得到吧。」

「哪個？」

半井用再認真不過的表情說：

「水桶布丁。」

大夥兒壓根想不到，這幾個字竟然會從半井的嘴裡說出來。

「你說……水桶布丁？」

簡單來說，就是巨大的布丁。

半井說不定是受到御影那套宇宙規模的高談闊論啟發，才會冒出這個想法。

「我一開始不就說了。『不要超出日常生活的範圍，加點平時沒有的調味料』。」

這麼一想，水桶布丁的確符合條件。

「可是真要吃那麼多布丁，我擔心鈴屋前輩的肚子……」半兵衛戰戰兢兢地說道。

半井投以銳利的眼神反問：「你是在反駁我嗎？」

「我、我絕對沒有那個意思！只是怕鈴屋前輩一個人吃不了那麼多……！」

半兵衛多想拔腿就跑，可是事關什造的健康，他還是忍不住擔心起來。

「沒有必要讓前輩一個人吃光。這只是一個活動，大家一起享用就沒問題了。」

半井三言兩語就把問題解決了。

「你說得對，我無話可說。」半兵衛低垂著頭。

「那……就決定是水桶布丁了……可是要怎麼製作？」

對於平常沒在下廚的水郎來說，這一類的甜點製作門檻太高了。更何況他們要做的還是比一般布丁大上數倍的水桶布丁，總覺得需要高超的技術。

「喂，阿原，你行嗎？」

「在下對甜點並無涉獵，所以……」

「嘖！」半井砸嘴。水郎和半兵衛聞聲同時悚然一驚。看來半井對料理也沒什麼自信。

「既然是給前輩吃的東西，絕對不能容許半吊子的味道。我看還是請個料理高手來指導比較妥當。」

「擅長下廚的人嗎……」

水郎思考了一下，沒想到立刻就浮現一個人選。

「我們可以去請教安浦特等！」

以女性之姿統領對策I課的幹練課長——安浦清子。水郎的想法很簡單，對方既然是女性應該很擅長料理吧？雖然有些膚淺，但他舉薦安浦的理由不只是這樣。他認為半井曾是安浦班的班員，既然如此應該也比較好商量吧？

「安浦特等十分忙碌，別提一些不現實的法子，小心我宰了你。」

半井真的用殺人般的目光往水郎身上掃，他嚇得縮起身子。

「那、那不然的話……」

兩個名字從水郎的腦海中閃過。一個是以第一名的成績從學院畢業，做為昆克研究者也貢獻良多的真戶曉。另一個則是數年前曾參與位於青桐根據地的11區討伐戰，以及20區「梟」驅逐戰的五里美鄉。

半井似乎也想到那兩個人，立即反駁：

「再想想更適合的人選。而且我從來沒聽說過她們兩位擅長料理。」

真戶曉和五里美鄉都比鈴屋班年紀最大的半井還要年長，平常也沒什麼交流，所以很難向她們開口。

水郎和半兵衛兩人抱頭苦思。要是再想不出個主意來，這件事不就要留待下次再議了嗎？

「啊！在下想到一個人了！」

水郎疑惑地抬起頭，看向突然站起身來的半兵衛。「佐佐木氏！」只聽他大叫，「我曾經聽鈴屋前輩說過，佐佐木一等搜查官十分擅長料理！」

「真的嗎！阿原！」

「……確定情報無誤吧？」半井質疑。

半兵衛用力點頭。若不是有相當的自信，他斷然不敢如此篤定地回應半井。

「在下這雙耳朵聽得一清二楚！而且我也親眼拜見過鈴屋前輩一個人享用從佐佐木氏那裡得到的蛋糕！前輩滿足的表情就是最好的證據！」

就在事情現出一線曙光的時候，他們感覺到什造回來了。

「環，你負責做事前準備。」

「咦？」

接到簡短的指示，水郎差點喊出「又是我嗎！」。但就算說了也只是討罵而已，於是他乖乖點頭答應下來。

二

「水桶布丁？好啊。」

數日後，水郎將水桶布丁的事告訴佐佐木琲世，他想也不想就爽快答應了。

「畢竟我和我們家那些孩子都受到鈴屋班的各位不少照顧。」

先前的拍賣會掃蕩戰，琲世率領的Qs也有相當搶眼的表現，但由於他們體內蘊藏「喰種」的能力，身體狀況不太穩定。當時負責支援他們的就是鈴屋班。

水郎當時也和什造等人聯手救出被大夫人的毒牙逼入絕境的瓜江和六月。

「不好意思，這下子終於得救了。」水郎滿心感謝。

「反正也很好玩。」琲世對他親切地笑了笑。水郎他們原本就是為了逗什造開心才想出這個主意，所以聽見琲世說「很好玩」，他也覺得很高興。

討論順利進行，最後的結論是大家一起到Qs共同生活的宅邸和琲世一起做水桶布丁，材料則是由琲世來準備。

接著到了約定的日子。

街道西邊還能感覺到夕陽餘暉。鈴屋班的人除了什造之外，在半兵衛的領軍下前往宅邸。

「唔！紙袋的提把勒得我的手好痛……」

「環，在下來幫忙。」

水郎受命提著一袋厚重的「鳥類圖鑑套書」，那是半井要送給琲世的伴手禮。可是半兵衛自己也捧著一盒要送給Qs的禮物——閃電泡芙。

半井和御影雙手空空，走在鈴屋班最年輕的二人身後。

「御影前輩，拜託你幫幫忙嘛！」

水郎直接跳過半井，朝著一邊走路一邊微微將雙手張開的御影求助。

「不好意思，我現在正忙著沐浴在星光之下。」

「這個時間，大部分的星星都還沒出來吧！」

「水郎，你得在心上架設一台昴星團望遠鏡才行。」

搞了半天還是沒人肯出手相助，一行人就這麼抵達宅邸。宅邸的外觀很氣派，據說屋子裡還設有訓練室。

「歡迎歡迎，快請進。」

聽見電鈴聲就連忙出來應門的琲世，笑著迎接水郎等人。

「不好意思，今天打擾了。這是半井前輩的一點小意思……」

有些缺乏人味的半井似乎很喜歡鳥。他有空的時候就會盯著小鳥看，也會閱讀詳盡記錄鳥類生態的圖鑑。聽說琲世喜歡看書，他就挑了這份伴手禮。

「哇，好棒的書。照片很豐富，解說也相當淺顯易懂呢。」

看過內容之後，琲世的眼睛一亮。

「雖然不是小說，但偶爾看看這一類的書應該也不錯。」

「嗯，像這樣賞心悅目的書也很迷人。」

看來琲世很開心。半兵衛接著遞出閃電泡芙，說道：「這個送給各位Qs。」

「拿了你們這麼多禮物，真是不好意思。」

「是我們先麻煩你準備食材和傳授製作甜點的步驟，所以請不要把這點小東西放在心上。」半井代表眾人回應。

雖然從水郎的視點來看，半井就是個恐怖的白鬼，不過他在這種時候就很可靠。

「為了讓什造開心，我也會努力的！」琲世豎起大拇指，領著水郎他們進屋。第一次來到別人的家裡總是讓人特別興奮難耐。

「不要東張西望。」半井低聲警告。

水郎連忙把頭轉回正前方，在琲世的帶領下沿著走廊來到寬敞的飯廳兼廚房。桌子上整整齊齊排列著待會要使用的食材，像是雞蛋和牛奶等等。角落則擺了一個水桶。

「如果要讓什造開心，我認為成品的外觀也必須像個布丁才行，所以就準備了一個合適的水桶。」

琲世不愧是什造看中的人，非常了解他的喜好。

「還有，雖然也可以做更大的布丁，但是隨著體積變大，布丁就得做得更硬才能維持形狀。如果要保留布丁Q彈的口感，我覺得這個大小的水桶應該比較剛好。大家可以接受嗎？」

普通的布丁就已經很難保持形狀了。一旦體積變大，碎掉的風險自然也就跟著變高。

「沒有異議。」

水郎說完望向半井，他也點點頭。

「那麼我們就動手吧！」

水郎一行人開始製作水桶布丁。

水郎打了一顆又一顆的蛋，將材料混合攪拌；半兵衛負責溫熱牛奶；半井則是製作焦糖。御影挑了最輕鬆的助手來做。

「把牛奶和明膠放下去了。砂糖要均勻和入蛋液中，還有小心別讓焦糖燒焦了。」

琲世的指示相當細膩，連從未製作過甜點的水郎都能安心進行作業。跟著有能力的人做事果然事半功倍。

「嗯！非常完美！」

結果花了一個多小時。

散發著甜香的布丁液不多不少剛好裝滿水桶，焦糖也分毫不差地沉在底部。

「這麼一看，真的好大啊。」

「壓倒性的存在感……半兵衛大吃一驚。」

水郎和半兵衛探頭往水桶裡望去。等桶子裡的液體凝固之後，就會變成布丁的形狀吧。

琲世小心翼翼地將表面有如波浪般起伏的布丁液放入冰箱。

「看著你們忙活的樣子，連我自己都想做一個看看。把料理巨大化真是有趣。」

水郎也點頭認同。

「剩下的問題就是能不能將布丁完整倒出來了。」

或許這才是最困難的關卡。要是形狀散了，所有的努力都將化為泡影。做事欠缺細心的水郎咕噥：「這我真的沒辦法。」

「只需要拿個碟子蓋住水桶之後再倒過來就可以了，我想只要動作別太粗暴，應該就不會有問題。不過要等布丁完全凝固才行。」

這麼大的布丁要完全凝固，至少得花上一整天。所以水郎等人決定後天的中午休息時間再過來取，然後直接帶回〔CCG〕，等什造的點心時間到了再拿出來獻寶。

「那麼布丁的事就有勞了。」

玄關前，水郎向琲世鞠躬。

「嗯，交給我吧。希望什造看到的時候會很開心。」

三

到了領取布丁的日子。

日頭已經開始西沉，水郎一個人往宅邸跑去。

按照原訂計畫應該在中午休息時間去取。但是鈴屋班前些日子為了找出根據地而刻意放走的「喰種」，偏偏挑在今天回到他們的大本營，而且好像還在開會。

地點是海邊的廢工廠，有十幾隻「喰種」潛伏其中。如果以五人編制的隊伍去攻打，人數的差距對他們相當不利。

「我們走吧。」

但這可是什造率領的鈴屋班。他們毫不畏懼地潛入廢工廠，把裡頭的「喰種」全數打趴在地。原本以為已經清理乾淨了，不過清點之後卻發現少了幾個成員。逃過一劫的「喰種」大概是剛好外出吧。既然如此，應該會再次回到這個地方才對。

於是什造等人在廢工廠周遭打埋伏，將那些如同預料再次返回的「喰種」一網打盡。

「……雖然還有兩隻沒回來，但他們說不定已經察覺到這裡的變故了。接下來監視的工作交給其他班，我們今天就到此告一段落吧。」

當什造宣布收工的時候，太陽已經漸漸下山了。而且回去之後還有報告書要寫。考量到討伐的「喰種」數量，大概也得忙到深夜才能結束。

「這麼晚了，大家肚子也餓了吧。不如先解散，一個小時後再回到〔CCG〕集合吧。」什造指示。

「了解。」半井回覆。

然後，他對水郎使了個眼色。

——趁現在去拿。

意思就是要他犧牲休息的時間，當一匹運送布丁的快馬。於是水郎便拔腿狂奔了起來。

「不好意思，打擾了！」

水郎到達宅邸之後按下電鈴，但是裡頭一點反應也沒有。距離約好的時間已經過很久了，琲世大概也回去工作了吧。

不死心的水郎再按一次電鈴。這次他似乎聽見房子裡傳來腳步聲。於是他又按了一次。

門「喀嚓」一聲開了。

「來了來了……」

出來應門的是米林才子。

「啊，我找佐佐木一等……」

「事情的經過老身都聽說了，先進來吧……」

才子嘴裡念著有如連續劇情景般的台詞，邀請水郎進屋。

就在水郎脫鞋子的時候，才子說：「我們家的媽媽有交代『布丁已經準備好了，請直接帶走』。好了，你就去吧……」她口中的媽媽應該是指琲世吧。水郎還沒來得及確認，才子接著又說：「老身已經確實轉達囉……」說完便逕自上樓去了。

水郎走到前幾天製作布丁的廚房，一打開冰箱就看到相當有存在感的水桶布丁。開冰箱門的震動使得布丁表面輕輕抖動著。

「哇！太棒了。」

水郎從冰箱中取出水桶布丁，放在流理檯上。這次他直接抱著水桶前後搖晃。水桶裡的布丁也隨之起伏。

「真好玩！不過要拿著這個走路感覺不太容易……」

水郎環顧四周，想找個東西把水桶蓋住。廚房裡擺著各式各樣的香辛料。前天來的時候，桌子上擺滿了製作水桶布丁要用的材料，現在則是放著一個裝著新食材的袋子。看來琲世真的很喜歡下廚。

與廚房相鄰的客廳裡頭有遊戲機，喜歡電玩的水郎很好奇他們都在玩些什麼遊戲。

不過，現在最優先的事情是運送水桶布丁。

「啊，找到保鮮膜了。暫且先拿來頂著用吧。不好意思，容我借用一點！」

水郎從架子上拿起保鮮膜，在水桶上覆蓋了好幾層之後，飛快離開宅邸。他的右手提著昆克箱，左手拎著水桶布丁，怎麼看都是非常不可思議的組合。

雖然水郎也想盡快趕回去，但如果布丁的形狀垮掉就沒有意義了。所以他考慮著是否要搭計程車。

「……話說回來，這布丁真的好大啊。」

左手傳來沉甸甸的重量，可以感受到布丁的晃動。或許別人會認為他們幾個都已經這麼大了，還在搞這些小孩子把戲。不過，正因為是大人才能這麼玩不是嗎？

「……應該會很開心吧。」

他們只是做了自己想做的事。倘若成果能逗什造開心，自然再好不過了。

水郎跟其他班員一樣，深深感謝自己竟有這麼好的運氣，能夠分發到鈴屋班。什造有太多事情值得他學習。光是跟什造一起行動，就有種自己的能力受到提升的感覺。

正因為如此，水郎也希望自己能為什造盡一份力，帶給他一些嶄新的體驗，有別於那段只得到傷痛的過去。

「……總之，我得在休息時間結束前把這個帶回去。」

這個水桶布丁拿來餐後甜點再適合不過了。水郎心想，今天就算叫個計程車也不會有人抱怨吧？

「……！」

水郎抬起頭，映入眼簾的景色讓他停下腳步。兩旁的行道樹落葉飛舞，在人來人往中，他看見一個熟悉的人影。

不，對方不是人，而是「喰種」。

走在前方的這個男性「喰種」是今天在廢工廠討伐的組織成員之一，長相早已曝光。

水郎瞬間繃緊神經，將全副精神都集中在對方身上。方才那位隨處可見的開朗青年，剎那間成了眼光銳利的搜查官。

水郎悄悄跟上去，但「喰種」似乎察覺到了什麼，立刻回頭查看。他趕緊躲到一旁的陰影下，手上的布丁也隨之晃動。

「……」

「喰種」再度邁開步伐。看來他並不是注意到水郎，而是對周遭充滿警戒。水郎定睛一看，那隻「喰種」帶著一大包行李。他腦中開始對照「喰種」的路線和周遭地圖。

——是車站。

水郎一邊縮短他和「喰種」之間的距離一邊操作手機，通知鈴屋班自己發現「喰種」的事，順便附上自己的見解：那隻「喰種」恐怕已經知道廢工廠遭遇襲擊，所以打算搭電車逃離東京都。

手機很快就收到回覆。

『請你搞定吧。』

只有這麼一句話，但已經勝過千言萬語。

此時「喰種」正巧進入人煙稀少的巷弄內，停下腳步靠著牆壁。水郎放下手中的布丁，緊握著昆克箱直奔而去。

先下手為強。

「……唔！」

水郎在「喰種」察覺到之前打開箱子，他的昆克「beef」現出原形。那是一把尾赫型的昆克，略帶曲線的握把前端延伸出刀子般的利刃。

水郎用力握住昆克一躍而上，咬緊牙關將刀子往下一揮。

「哇啊啊啊啊啊啊啊！」

面對突如其來的襲擊，「喰種」連赫子都來不及使出來。水郎的昆克從「喰種」的肩膀一口氣往下斬，直達心臟。

「喝！」

水郎粗暴地拔出昆克，刀尖對準「喰種」的喉嚨刺過去。

「咳咳……」

「喰種」鮮血泉湧，當場倒地。就在水郎以為事情已經搞定的瞬間，他的背後傳來強烈的殺氣。

「……你對我的男人做了什麼啊啊啊啊啊啊！」

水郎頭也不回就趴下身子，一條像皮鞭一樣柔軟的赫子，就這麼掃過他方才腦袋的位置。赫子狠狠往一旁的牆上砸去，被破壞的水泥碎片四處飛散。

「是鱗赫。」

幾分鐘前死在水郎手上的「喰種」之所以會在暗巷停下腳步，似乎就是在等她的樣子。而她就是今天討伐的「喰種」組織中最後一個漏網之魚。半井八成又要罵他分析得太過輕率了吧。

「混帳東西去死吧！」

女喰種親眼見到自己的男人被殺，完全喪失理智，不顧一切往水郎身上撲去。儘管遭到對方偷襲，水郎依然很冷靜。

怎麼說他也是年度「喰種」討伐數高達五十隻以上的銀木犀章得主。更重要的是，他是鈴屋班的一員。

「喝！」

水郎往牆壁一蹬，飛越過女喰種的頭落到她身後。他才剛落地就不偏不倚一刀刺入女喰種腰上赫包的位置，「喰種」之力的來源。

「噫！」

水郎使勁一挖，拔起昆克。那條展現不祥之力的赫子已經無法維持形狀，開始潰散。

「王八蛋，你……該死！」

到了這個地步，女喰種似乎終於冷靜下來。她背對著水郎急急逃命。

但她又怎麼逃得掉？

水郎加快速度，將插在女喰種腰上的昆克往脖子的方向砍去。

「呀啊！」

女喰種的身體先是飛到空中，接著隨著重力往下掉落。然後——

「啊！騙人的吧！給我等一下——」

她直接摔落在水郎方才暫時放在路旁的水桶布丁上。

「哇啊啊啊啊啊啊啊啊啊啊啊！」

不管是水桶還是布丁，都沒有能力保護自己遠離掉下來的東西。可憐的水桶四分五裂，被壓垮的布丁也噴得到處都是。

「哇啊啊啊啊……」

破碎的水桶和被壓得稀巴爛的布

丁，就這麼散落在女喰種的身體下。

身為搜查官，水郎冷靜地操起昆克給那個女喰種致命一擊，但此時他腦中已是一片空白。

儘管水郎也希望布丁還有完好的部分，但布丁就在女喰種的正下方，哪有可能如他所願。

「哇啊啊啊啊……」

水郎只能抱頭慘叫，一句話也說不出口。

「水郎，都結束了嗎？」

討伐完兩隻「喰種」沒多久，原本待在〔CCG〕總局的鈴屋班就抵達現場了。

水郎白著一張臉回答：「都結束了……」只是意思不太一樣。

「環，你的臉色好難看……！」

「是不是天體的藍位移？」

「不過你好像沒受傷的樣子。」

半兵衛、御影和半井紛紛前來關心水郎。他們大概也覺得水郎怪怪的，明明毫髮無傷打倒兩隻「喰種」，卻還是一副失魂落魄的樣子。水郎不知該如何開口，只是把頭垂得更低。

「咦？我聞到一股甜甜的味道。」什造動了動鼻子，原本駝著的背脊伸得筆直，「是布丁的味道，而且分量還很多。」

聽見什造這麼說，半井等人似乎也明白了什麼。

「……非、非常抱歉！」

水郎猛然行了九十度鞠躬禮，腰都快折成兩半了。

「我給『喰種』致命一擊之後，她剛好掉在有布丁的地方，所以……」

「布丁？」什造聽得一頭霧水，「地上本來放著很多布丁嗎？」

「不是的，沒有很多布丁，只有一個……」

「？」

水郎不知道該解釋到什麼程度才好，整個人慌亂不已，只能用求救的眼神看著半井。半井無可奈何地嘆了一口氣說：

「前輩，其實我們準備了一個布丁要給您當點心……」

正當半井要開始詳細說明的時候，一個聲音插了進來。

「啊！終於找到你了，環！」

琲世匆匆跑過來。

「是琲世。啊！」

什造蹦蹦跳跳地迎向琲世，一把抓住他肩上背著的大包包。

「啊，果然還是被你發現了。各位不好意思，那天做的東西可以給什造看了嗎？」

琲世指的應該是水桶布丁吧。可是那個布丁已經跟「喰種」一起魂歸西天了啊。

就在水郎還搞不清楚狀況的時候，忙著翻找包包的什造從裡頭拿出一個水桶。

「咦！」

包包裡的東西正是水桶布丁。

「哇～太驚人了！」

什造看見眼前這個比平常吃的布丁還要大上好幾倍的水桶布丁，不自覺拉高音量。

「咦！咦！為什麼？」

水郎看向什造提著的水桶布丁，又轉頭看向成了「喰種」塾背的水桶布丁。

「其實事情是這樣的，那天看到各位做水桶布丁的樣子，我也忍不住想做做看，所以後來我就做了一個打算給Qs吃。」

「可、可是冰箱裡面只有一個啊！」

「嗯，沒錯。因為我把鈴屋班的份裝在這個保冷袋裡，放在桌上。」

水郎記憶中那個放在桌上的袋子，跟琲世現在手上提著的袋子影像重疊起來。

「我交代才子，你們的水桶布丁我已經放在袋子裡面，你來了之後可以直接提走，不過傳達上似乎出了一點差錯。」

看來是琲世回家之後發現搞錯了，於是急急忙忙帶了過來。

恰巧〔ＣＣＧ〕的處理班也在此時抵達，他們開始回收沾滿大量布丁的「喰種」屍體。

「鈴屋班的成員製作的布丁，有特別調整成什造喜歡的甜味和硬度，那才是真正為了什造而做的東西，所以還是得吃這一個才行。」

琲世笑著望向什造。

「這個是水郎他們做的嗎？」

什造看著手上沉甸甸的布丁。

「那就快點來吃吧！」

一行人回到〈CCG〉，準備了一個大圓盤放在水桶布丁旁邊。

儘管水郎他們做的布丁平安無事，琲世做的布丁卻一命嗚呼了。水郎悄悄把這件事告訴琲世後，他雖然受到不小的打擊，很快就體貼地說：「遇上戰鬥也是沒辦法的事。」

水郎下定決心，之後要找個時間跟他道歉以及道謝。

大家一起圍著水桶布丁。

「那麼在下要把布丁倒出來了……」

平時負責替什造倒布丁的半兵衛，把圓盤倒扣在水桶上。什造的眼神閃閃發光，就連水郎也興奮極了，頻頻投以熱情的視線。畢竟布丁是自己做的，更何況這可是日常生活中難得一見的光景。

「喝！」

半兵衛俐落地將水桶倒過來，隨即將盤子放在桌上。只是水桶底部沒有開空氣孔，所以布丁一直遲遲倒不出來。半兵衛小力搖晃著水桶。

「掉不下來耶。」

「難纏的對手……！」

「半兵衛，Fight！」

半兵衛非常有耐心地繼續搖晃著布丁。過了一會兒，空氣終於溜進布丁和水桶之間。

他鼓起雙頰，發出有如深深吐氣的怪聲，布丁突然「咚」一聲落在盤子上。

「喔喔！」

「宇宙的大爆炸最初就是這麼發生的吧──」

雙手抱胸在一旁觀望的半井，以及一如既往腦子裡全是宇宙的御影也都興味盎然地看著布丁落下。

「準備收尾。」

半兵衛緩緩拿起水桶。彈性十足的黃色布丁漸漸露臉，幾滴焦糖在盤子上慢慢擴散開來。

「……呼。」

最後，半兵衛順勢將水桶完全拔起，一顆看起來比人頭還大的布丁完整呈現在盤中。

「喔喔喔喔喔喔喔！」

什造端起盤子前後搖動，布丁隨著他的動作搖擺起伏。

「……太厲害了！」

形狀也沒有垮下來，甚至散發出一種神聖的感覺。

「是顆完美的布丁呢！」

「太棒了！」

「為了不讓布丁因為本身的重量垮掉，我們製作時有經過精密的計算。」

「用第二宇宙速度發射這個布丁吧。」

大家表述自己的感想，一同欣賞著那顆布丁。

「那麼鈴屋前輩，請您執行入刀儀式吧。」

什造接過半兵衛遞過來的湯匙，先是輕輕戳了幾下，享受布丁的觸感，然後再挖起一口放入嘴裡。柔軟的布丁滑溜溜地通過什造的喉嚨。

「……真好吃！」
什造開始大口大口吃了起來。
「大家也一起吃呀。」
其他人聞言也拿起湯匙。
「回想起來，我們今天從早上開始就什麼都沒吃呢。」
水郎挖起一大匙往嘴裡送，淡淡的甜味隨即在口中擴散開來。
像這種分量特大的食物味道通常不怎麼樣，但這顆布丁完全沒有那個問題。
琲世還一併把鮮奶油、水果切片等配料放在保冷袋裡，好讓大家吃膩的時候可以換個口味。
在五個大男人的攻勢下，原本巨大的水桶布丁也漸漸縮小，最後只剩下一個空盤子。
「呼～吃得好撐喔。」什造滿足地撫著肚子，「可是，你們怎麼會想到要做水桶布丁？」
聽見什造的疑問，水郎搔搔頭。他實在不願說出他們的動機是出於討伐大夫人那件事。

「……因為好像很好玩！」

什造、半井和御影似乎都接受了水郎的答案。什造用一雙圓滾滾的大眼看著水郎，笑道：

「我也覺得很好玩。」

過了幾天。

醫院的病房內，什造坐在一張四腳圓凳上，兩條腿在空中晃啊晃。

「真的好大好大呢，比我的頭還大。而且還抖個不停，好可愛。」

窗邊的桌子上插著他買來的花。一個男人雙眼緊閉，躺在病床上。

這個人是什造過去的搭檔——篠原幸紀。從前的他被稱為不屈的篠原，如今則安靜靜地陷入沉眠。

「後來大家一起分著吃光了，我們都嘗到一樣的味道，感覺真是不可思議。當我說『昨天的布丁真好吃』，其他人就會回應我『對啊，真好吃』。」

每當什造停下來，就能聽見篠原淺淺的呼吸聲。即便篠原沒有醒來，也能感受到他確實活著。

他是教會什造許多事情的人。
也是把什造當成自己的孩子一樣看待的人。
「……篠原先生。」
從前，篠原曾跟什造提起自己的師父——伊庭。聽說當篠原先生立下功勞的時候，伊庭彷彿就像自己立了功勞一樣開心。
而篠原在什造立功的時候，也如同自己立功一樣替他高興，並且頑固地支持著他。
只是當時的什造一點也不明白，篠原為何會有那樣的心情。
「呵呵。」什造溫和地笑了。
「篠原先生，」
什造悄悄附在篠原耳邊說道：
「我現在的心情跟您一樣喔。」

TOKYO GHOUL

#004
[sponse]

Novel [quest] :re

一

回顧記憶中的他，不管在哪個階段都一樣麻煩得要命。不過這個故事不是發生在他悲觀又煩人的時期，而是在他樂觀又煩人的那段日子。

「……來，儘管拍下我的英姿吧！」

「不要。」

對話在短短三秒內就結束了。

這裡是人來人往的商店街。從咖啡廳的落地窗望出去，可以看見背著環保袋，準備去買晚餐的主婦。坐在咖啡廳裡的掘千繪吃完當季水果聖代後，毫不客氣地拒絕月山的要求。

她的外表像個小學生，看起來與這間有格調的咖啡廳很不搭。但其實本人早就是

成年的大學生了。嚴格來說，她是個幾乎沒有去大學上課，成天帶著她的好搭檔相機，到處東奔西走的自由攝影師。

「那麼我就告辭了。」

「先等一下！掘！」

男人急忙叫住吃完聖代就打算拍拍屁股走人的掘千繪。月山習，擁有俊美的容貌和堪比模特兒的身材，走在路上還常被經紀公司的人搭訕。只是他的完美外型在掘千繪眼裡只覺得煩人而已。

舉手投足都充滿自信，無時無刻都受到萬眾矚目的他，居然是被〔ＣＣＧ〕登記在案，號稱「美食家」的「喰種」。這個世界還真是無奇不有。

月山在高中不但很受歡迎，又是眾人注目的焦點。但引起掘千繪好奇的並不是這些外在的評價，而是他隱藏外表下，跟旁人迥然不同的差異。於是掘千繪抱著「好像很有意思」的心態透過觀景窗觀察他的動向，結果拍到他捕食的畫面，進而跟他建立起一段奇妙的關係。

今天之所以約在這裡見面，也是因為他之前就一直纏著要她幫忙，她也實在是拒絕煩了才會答應赴約。

「掘啊，妳為何會這麼Whim（反覆無常）呢！不就是一個老朋友的請託嗎？總之妳先坐下，想吃什麼儘管說吧，小老鼠。」

「月山，你老是把別人當寵物一樣。我要吃鬆餅。」

「哈哈哈，妳還有被飼養的自覺嘛。那位小姐，不好意思，麻煩給她來一份最豪華的鬆餅！」

月山彈指示意女店員過來點單。他瞧見掘千繪又坐回椅子上之後，再度開啟話題。

「掘啊，妳先耐心聽我把話說完。我要跟妳談一筆生意。」

「生意？」

掘千繪用吸管把奶昔喝光後剩下的冰塊攪得喀啦喀啦響。

「沒錯。是這樣的，我最近要去別墅住一陣子。」

「咦？」掘千繪放下手中的吸管，疑惑地問道：

「你終於被金木拋棄，不用再替他辦事了嗎？」

為了滿足味蕾而不斷追求美食的月山，對迷人的食材——獨眼的半喰種金木研情有獨鍾。掘千繪跟月山的交情也不算短，但她以往從未見過他對哪一樣食材這麼執著。就連現在也為金木鞠躬盡瘁，努力想獲得他的信任。只是掘千繪總覺得他雖然一心想吃了金木，但實際上被饕食鯨吞的人應該是他自己吧？

這樣的月山居然肯離開金木住到別墅去，難道是因為金木終於受不了他，把他趕出去了嗎？

「哈哈！這種可能性等於 nothing！我是他的利劍，我的心隨時都在他的枕邊。」

「可是你連房子都替他準備了，結果還是被大家排擠不是嗎？」

「身為贊助人的我如果一起住在那裡，其他人也會覺得不自在吧？體貼也是紳士的教養之一……」

「謝謝你的請客。你好像會講很久，所以我要回去了。」

「妳先等等，吃東西就是要慢慢享受過程。要不要喝點 after tea？」

「給我柳丁汁就好。」

「咳咳！」月山清清喉嚨，繼續說下去。

「這次的連假，我們家的別墅要舉辦一場花園派對，到時候我要負責演講。我希望妳能用相機拍下我光輝燦爛的一刻。」

「是喔。」

月山不但是「喰種」，同時也來自顯赫的家世，是無人不知、無人不曉的月山財團大少爺。

「另外，我也想給我們家的傭人一個驚喜，藉著這次的派對向他們傳達平日的感謝之意，留下一個美好的回憶。」

月山家底下養了許多員工，聘僱的傭人也不少。掘千繪吃著終於端上桌的鬆餅，心裡想：「還真有心啊。」月山平常的行為舉止，就是個獨善其身的利己主義者。但他對自己中意的事物和身邊的人卻是百般細心照顧，從這裡可以看出他確實受過良好的家教。

「當然，我不會讓妳做白工。如何？願意接受我的委託嗎？」月山向掘千繪確認她的意願。

「嗯……」掘千繪思量了一會，「……我還是覺得很麻煩。」

「Haaaaahn？」月山的聲音明顯拉高。

「因為我沒興趣嘛。」掘千繪懶懶回道。

掘千繪拍照其實很隨興。有時候以為她在拍社會價值高的照片，結果卻是在拍些沒有意義也不怎麼有趣的東西；以為她是為了錢工作，但有時她又完全不為金錢所動。現在的她就是沒心情拍那些不想拍的東西，也沒有賺錢的興致。

「Hmm……」月山沉吟。他很清楚這種狀態下的掘千繪，就算用性命要脅她也不會就範。

柳橙汁也快見底了，時限漸漸逼近。

「……啊！對了，掘，妳對花有興趣嗎？」

對月山來說，這不啻是苦肉計。

「花？」

「沒錯！我們家的別墅開滿了讓人眼花撩亂的花卉。一望無際的芳醇空間，正可說是烏托邦！」

月山展開雙手，搭配他豐富的肢體語言開始說明：

「其中也有許多罕見的高價品種，尤其薔薇更是美不勝收！這次的花園派對也是配合薔薇的季節舉行。絕對是一片讓人流連忘返的美景。」

掘千繪又起最後一塊鬆餅。

「是喔，我去。」

「所以說妳別這麼不講道理……妳說什麼？」

月山沒料到她的態度突然一百八十度大轉變，一下子沒跟上。

「我說我去。」掘千繪再度告知。

「……是什麼讓妳突然改變心意？」月山困惑不解地問道。

雖然提案的人是他，但他也沒想到掘千繪真的會上鉤。

「我剛好想要花卉的素材照片。既然是你家的花，一定開得很美吧。」

月山的老家也有一座照料得美侖美奐的薔薇園，不過既然月山如此強力推薦別墅的薔薇園，想必可以看見更加令人屏息的景象。決定接受委託之後，掘千繪開始覺得在月山家的別墅散步應該也很有意思。

「不過你們家開的派對一定到處都是『喰種』吧。我說不定會被吃掉？」

儘管掘千繪和月山一直都是像普通人一樣面對面談話，但兩人之間畢竟還是隔著一條清楚劃分出人類與「喰種」的界線。

雖然掘千繪拍照的時候經常會遇上性命攸關的情況，但她並不是嫌自己的命太長，也沒有豁達到隨時可以赴死。

她只是在每一個當下做自己想做的事罷了。能夠持續這樣的瞬間就是她最大的希望。

「這妳不必擔心。傭人那邊我會先交代好，而且也會幫妳做一些偽裝，讓賓客看不出妳是人類。」

「ＯＫ。反正不管事前準備再周全，會發生的事情還是會發生，不會發生的事就是不會發生。到時候我自己看著辦吧。」

掘千繪伸了個大大的懶腰，站起身來。

「下個連假沒錯吧。這次請你先付清款項，錢就匯到平常那個戶頭。」

「Oui。妳算盤打得真精。那就期待妳能拍出值得我付錢的好照片囉。記得拍下我最輝煌的瞬間。」

「最輝煌的瞬間啊……」掘千繪重複默念一次。然後她便將帳單塞給月山，逕自離開咖啡廳。

二

「喔～真的好壯觀啊。」

到了約定的日子。

掘千繪用月山匯進戶頭的錢，來到佇立於湖畔的豪宅。

豪宅外圍是一道紅磚砌成的磚牆，以及修剪得井井有條的綠樹。穿過厚重的鐵門，就能看到矗立在一片姹紫嫣紅中的中世紀歐風別墅。

掘千繪沒有從正門進去，而是繞到別墅後面按下電鈴。過了一會，有人從屋子裡走了出來。

「……妳是不會看錶嗎？豚鼠……妳遲到了！」

這位毫不隱藏心中煩躁，直接當面指責掘千繪的人，就是月山家的傭人——叶＝馮・羅瑟瓦特。

雖說是傭人，但「他」出身於等同月山家分支的家族，外表看起來跟月山有幾分神似。掘千繪知道月山的真面目，月山還讓叶負責招待她這個人類，這就表示月山也相當信任叶吧。

「我這不就來了嗎？」

「Scheiße（臭老鼠）。妳知道這裡是什麼地方嗎！」

「月山家的別墅。」

「Ja（沒錯）！不是妳這種下等老鼠可以隨意進出的領域……要不是習少爺邀請，妳哪有這個機會？竟然還敢厚著臉皮遲到……！」

叶拈起一朵帶刺的薔薇貼在掘千繪的臉頰上。他從以前就對掘千繪抱著強烈的敵意。

「我輕輕鬆鬆就能砍下妳的腦袋，如同折斷這朵薔薇一樣……！」

「我明白你的心情，可是月山叫我來這裡應該不是為了殺掉我吧？」

「……！」

叶應該也從月山口中聽過掘千繪來這裡的理由才對。他恨恨地咬著牙，轉過身去。

「……閉上嘴跟我來……陰溝老鼠！」

掘千繪跟在叶後面，從別墅的後門進到屋內。叶領著掘千繪來到一間客房。

說是客房，不但天花板上掛著一座閃閃發亮的水晶吊燈，室內也擺放著高價的日常用品。「哇～」掘千繪睜大眼睛環視整個房間。

「把衣服換上！」

叶將事先準備好的服裝扔給掘千繪。

「傭人的衣服？」

「衣服上有跟『我們』一樣的氣味。如此一來，妳這個沒品人類混進派對的時候，身上的惡臭才不會飄到貴賓那裡去。」

「原來如此。」

掘千繪將衣服攤開。這是一件她平常不會穿的漂亮服裝，布料的觸感也很舒服，可見價格不菲。

「弄髒了也沒關係嗎？」

為了拍下最好的畫面，就算得在爛泥裡打滾，把自己搞得灰頭土臉，她也不會有半點猶豫。所以這件衣服可能會變得相當破爛。

「難不成我們還會清洗妳穿過的衣服？」

意思就是等她穿完之後就會拿去丟掉吧。「動作快！」叶拋下這句話之後就離開房間。

打從跟叶相識以來，他對掘千繪的態度一向就是這麼刻薄。

「真是難相處。」

掘千繪先將相機放在一旁的邊桌上，接著套上叶為她準備的衣服。尺寸不大不小剛剛好。

就在她伸展四肢適應那件衣服的時候，傳來一陣敲門聲。

「請進～」

「嗨，掘！遠道而來辛苦妳了。」

開門的人是月山。他的身後站著兩個人，一個是叶，另一個是眼瞳黑得深不見底，散發出知性美的女性。掘千繪認得那張臉。

「啊，是松前老師。妳好。」

「喂，妳應該先跟我打招呼吧！」

松前過去在掘千繪和月山就讀的晴南學院大學附屬高中擔任教師。應該是為了協助月山的學校生活才刻意潛入的吧。如此想來，那間學校說不定也仰賴月山家的鼻息經營。

松前對掘千繪的話沒有反應，只是安靜地站著。對她而言，掘千繪大概也不是什麼受歡迎的客人。但是她尊重月山的意思，所以不隨便出言干涉。松前畢竟也和掘千繪相處過一段時間，她對掘千繪這個人有自己的一套見解。

「是是，我已經乖乖來了。」掘千繪對月山說完，松前才微微點了點頭，算是回應她剛才的問候。

「嗯，看來衣服的尺寸沒有問題。偶爾像這樣來點嫵媚的打扮也不錯，時尚是增添自身魅力的必要……」

掘千繪一邊聽月山說話，一邊豪放地捲起袖子。

「Hey！看妳穿衣服的樣子！簡直 nonsense！」

「我是來這裡拍照的，被衣服搞得綁手綁腳的怎麼行。如果你不想拍，我也無所謂。」

掘千繪拿起方才擺在邊桌上的相機，掛在脖子上。站在月山背後等候差遣的叶，表情一下子陰狠起來。掘千繪和月山的對話，對於敬愛他的人來說似乎有點太過刺激了。話雖如此，掘千繪也沒有客氣的意思。

「我要從哪裡開始拍照比較好？」她自顧自繼續話題。

「妳這個人就是這樣……」月山搖搖頭嘆了一口氣，「……難得有機會過來，在辦正事之前，我先帶妳認識一下這棟別墅吧。」

月山吩咐叶和松前各自回到自己的崗位上，接著便走在前頭替掘千繪導覽。

「首先替妳介紹這棟屋子。這是月山家名下的別墅之一，採用紅磚建築，冬暖夏涼。我們有時候也會用屋子裡的暖爐生火。這裡可以體驗到童話故事般的感覺，彷彿進入安徒生的世界。」

「我倒覺得你的存在本身就像童話了。」

「merci（謝謝）。」

「我不是在誇獎你說。」

月山領著掘千繪往走廊前進，一邊說明：

「地下室儲藏著陳年葡萄酒。另外也有熟成室和煙燻室。廚房有專門的廚師為大家揮灑手藝。我之所以能以『美食家』自居，都是受惠於這些得天獨厚的環境和講究的食育。」

這番話聽起來好像只是一個有錢公子哥兒在大談美食經，但實際上葡萄酒是人血製成的，用來熟成和燻製的食材也都是人類。這就是喰種與人類對立衝突的理由，不過就像熊貓吃竹葉、無尾熊吃尤加利葉一樣，他們只能從人類身上獲取營養。

掘千繪活得好好的，當然不想被吃掉。但話說回來，人類為了滿足口腹之慾，往往不惜把動物吃到絕種。相較之下「喰種」還可愛多了……真要這麼說也不算言過其實。

「不能讓妳一起品嘗真是遺憾。」

月山好像真的打從心底覺得可惜，掘千繪立刻回道：「我吃聖代就夠了。」

「我們現在來到的是入口大廳。」

穿過長長的走廊，兩人來到懸掛著豪華水晶燈的入口大廳。掘千繪更衣的房間也有一盞水晶燈，但跟這盞比起來簡直是小巫見大巫。

「你家真的好有錢。」

掘千繪透過觀景窗欣賞放大的水晶燈。一層乳白色的玻璃將水晶燈的支柱包覆起來，處處都掛著雕刻成花朵模樣的裝飾品。燈罩的部分則用小鳥和蝴蝶的玻璃裝飾點綴。是一盞色彩斑斕，即便放在美術館當展示品也毫不遜色的水晶燈。

「我祖父在威尼斯的時候一眼就看上這盞燈，於是買了回來。聽說在藝術方面的價值也很高。除此之外，這裡還有許多祖父在外遊歷時帶回來的東西。其實這座別墅當初就是蓋來當倉庫，放置祖父購買的紀念品。」

「原來如此～」

「這裡放眼望去，全都是妳這個平民百姓平時無緣一見的好東西。妳就將這些景象好好烙印在眼底吧。」

透過觀景窗欣賞水晶燈的掘千繪並沒有按下快門。她放下手中的相機，直接抬起頭用肉眼觀望。

「接下來，我們就到庭院去吧。」

兩人來到戶外，真正的蝴蝶從千繪面前翩翩飛過。庭院裡的草坪打理得井然有序，不遠處傳來鳥語啁啾。

「此處就是我引以為傲的薔薇園。」

眼前是一座用薔薇裝飾的拱門。穿過拱門，只見細長的紅磚道兩旁開滿豔麗的薔薇，品種五花八門。有的薔薇花瓣銳利得令人難以碰觸，也有薔薇形狀就像圓球一樣飽滿。

「哦～」

確實很美，她可以理解月山想炫耀的心情。

掘千繪望著身旁纏繞在花園圍籬上的薔薇。淡淡的粉紅色，花瓣就像蕾絲一樣層層相疊，散發著甜美的氣味。

「那是方丹拉圖爾。」

「方丹拉圖爾？」

「Ya（沒錯）。被歸類在古典薔薇之下，是古老的品種之一。名字取自法國的畫家亨利・方丹—拉圖爾。據說人人皆稱『提起畫薔薇，無人能出其右』。」

真虧他連這種資料也能信手拈來。

「應該很難照顧吧。」

「……妳有在聽我說話嗎？算了，正如妳所說，薔薇是一種考驗主人愛情的花。如果主人沒有細心培育，就不會開出美麗的花朵。」

掘千繪拿起相機對準美麗的薔薇，但終究還是垂下手。

「哦？妳不拍嗎？」

「嗯～現在不想。你還是先告訴我演講的場地在哪裡好了。我要確認拍照的位置。」

「Humm……也好。妳對工作有進取心，我也很高興。」月山往薔薇小徑前進，「跟我來。」

兩人往小徑深處走去，看見一座四邊都被薔薇團團圍繞的廣場。廣場中心有一座涼亭，以希臘風的柱子撐起圓拱屋頂，是月山家經常設置在庭院的建築物。薔薇的藤蔓攀爬在亭子的白色支柱上，顯得格外鮮綠。

這裡應該就是派對會場，一群傭人正忙著布置場地。

一位身穿女僕裝的女性和襯衫上套著條紋背心的青年，分別站在桌子的兩頭，一起輕柔地鋪上白色的蕾絲桌巾。兩人一見到月山，立刻停下手邊的工作向他行禮。

「嗨，有座、佑馬。不用在意我，繼續忙你們的吧。」

兩人再次向月山行禮。他們將桌巾的皺褶拉平之後，小步跑向另一張桌子。月山看著他們的背影，噗哧一聲笑了。難得看他露出這樣的神情。

「掘，妳覺得他們兩個人怎麼樣？」

聽月山這麼一問，掘千繪再度仔細觀察兩人。

「距離很近呢。」

從一個人與對方保持的身體距離，可以看出他們的親密程度。有座和佑馬之間的距離則短到不行。

「呵呵呵，在妳的眼裡也是那樣嗎？」

講得更清楚一點，仰頭跟佑馬說話的有座表情歡欣愉悅，低頭看著有座的佑馬眼神則是柔情似水。

既然世上所有的生物都是來自生命的結合，人與人之間的緊密相繫自然也沒什麼好大驚小怪的。只是又有幾個人能明白，「喰種」也和人類一樣會萌生愛芽，進而開花結果呢？

月山的視線又轉回涼亭。亭中，叶正在指揮其他傭人做事。

「叶是個非常優秀的人，可說是為了我們家鞠躬盡瘁。我平常也受到他不少幫助。」

雖然叶總是對掘千繪抱持著一股近似於憎恨的情感，不過看他鉅細靡遺地下指令，同時也不吝於親自動手的樣子，就能窺知他的優秀之處。

「叶失去所有心愛的家人……有時還會悲傷到夜不成寐。」

月山憂鬱地嘆了一口氣，凝視著遠處的傭人們。

「我希望他們每個人都能得到幸福。」

有如祈願般的低語聲，句句發自肺腑。

掘千繪瞄向後方，只見一個五官深邃，穿著打扮像是管家的男人站得筆直。從月山帶著她介紹別墅的時候開始，那個男人就一直跟他們保持一定的距離，密切注意兩人的動靜。他這麼做是為了確保掘千繪不會對月山造成任何危害。

其實不光是他而已。打從來到這棟別墅，掘千繪就時不時感受到周遭帶刺的視線。雖然她覺得有點煩人，但這些舉動也是出自他們對月山的敬愛。

他們也同樣為月山的幸福祈禱。

「嗯……」

掘千繪的手指來回摩挲著快門。

待會的演講應該就是在廣場正中央的薔薇涼亭進行。雖然月山還想繼續導覽下去，不過從頭到尾一直守著月山的男人——管家舞路提醒他，差不多該去為派對做準備了。身為主辦方，大概有些他必須事先預備好的東西吧。

「活動開始之前，妳都可以自由到處散步。啊，不過得小心一點，別踏進正在養護的庭院。」

月山說完便揚長而去。終於讓她等到獨自行動的時間了。

掘千繪先是勘查涼亭周遭的地形，思索從哪個角度拍照比較好。

「如果月山站的地方是那裡……」

她選中了一棵位在涼亭不遠處的粗壯錐樹。掘千繪身手俐落地爬上大樹，調整相機的焦點。

「嗯，感覺還不錯。」

掘千繪這趟來是為了工作，自然也打算付出相應的勞力。只是她至今還沒有按下快門。

「反正時間還沒到，我就四處走走看看吧。」

掘千繪從樹上一躍而下，隨意邁開步伐。

走著走著，掘千繪發現一條小溪流。她順著流水往源頭走，來到了一個池塘，上頭還架著一座小橋。兩隻天鵝優雅地在水面上划行。池塘周圍的長椅充滿異國風情。除了薔薇之外，當季的花卉也紛紛綻放，一團團鮮豔的繡球花更是美不勝收。

月山說得沒錯，這裡就像一個童話世界。相信許多人看到眼前的風景，都會想留下紀錄吧。

但掘千繪還是沒有拍下任何一張照片。

掘千繪躺在花園池子旁的長椅上，透過觀景窗眺望著天空，然後又默默放下相機。她的腦海中還沒有一個確定的概念。

「……哦？」

有個影子出現在掘千繪的視野中。她定睛一看，一位年約四十，看起來像個園丁的男性正準備養護花木。此人八成也是「喰種」。他用熟練的手法修剪完枝葉之後，便移動到下一個場所。男人想必已經跟這裡的花草共處很長的歲月了。是為了花，更是為了月山家。

「……」

掘千繪一躍而起，沿著方才的來時路往回走。在這個人人都會把注意力放在花朵的環境中，掘千繪的眼睛卻開始看向傭人。

為了讓派對能夠如期舉行，傭人沒有一刻閒下來，但是他們並沒有露出疲態，每個人都神采奕奕。傭人之間溝通流暢，負責下達指令的「喰種」也沒有頤指氣使的樣子。

「……看什麼看？臭豚鼠。」

但面對掘千繪又是另一種態度就是了。

就在掘千繪眺望傭人工作的情形時，叶帶著嫌惡的表情現身。

「我只是覺得你們好像工作得很愉快。」

「不要用『愉快』這種廉價的字眼來形容我們的工作。這裡的每一個人都秉著榮譽心，嚴肅看待自己的勤務。」

「嗯……我想也是。」反正不管說什麼都只會被否定而已。掘千繪其實也沒有很想爭取他的認同，所以就隨便應了一句。

「妳站在這裡只會讓人分心，給我去找個沒人看得見的地方老實待著。」叶下逐客令。

「也好。」掘千繪說完便轉身，打算到其他地方繞繞。叶看著掘千繪的背影，不知道想到什麼，突然又開口叫住她：「等等！臭豚鼠！」

「嗯？」

「……話說回來，妳的目的應該是拍花的照片吧？」

別說是花了，掘千繪來到這裡之後什麼照片也沒拍。她只能摸摸鼻子說：「好像是這樣。」

「既然如此，」叶雖然皺起眉頭，還是開口說道：「從涼亭出來後往裡頭走，有一座紅薔薇露台。」

「紅薔薇露台？」

「那是個任誰看了都會為之驚嘆的美麗庭園。妳就去那裡打發時間吧。」

叶留下這句話後，又回去忙他的準備工作。

「哦……」

掘千繪往叶所說的方向望去。

「知道了，我這就去看看。謝謝你。」

「嗯，快給我消失吧。」

掘千繪踏著紅磚道，朝深處走去。

不同於涼亭周邊洋溢的熱鬧氣氛，這條路是愈走愈安靜。掘千繪耳中只聽見樹葉被風吹得沙沙作響。

「……就是那個嗎？」

一片遼闊的土地上，有個場所被高大的植栽團團圍住，彷彿刻意要掩人耳目。隱約可以看見裡頭小小的紅色屋頂，似乎還有別邸的樣子。

「入口在……」

植栽的尾端有一扇僅容一人通過的籬笆門，應該只要從那裡穿過去就行。掘千繪往前踏了一步。

「……妳在這裡做什麼！」

隨著一聲喝斥，一道影子往這裡疾奔過來。人影從掘千繪背後一跳，越過她的頭落在正前方。影子的主人就是方才和有座一起鋪桌巾的佑馬。

「我就知道會這樣。」

事情的發展果然不出她所料。掘千繪又更加佩服自己了。

佑馬擋在掘千繪面前，不讓她往前一步。當然，他現在的態度比起跟有座在一起，還有對月山行禮的時候截然不同。

掘千繪左思右想，決定默默繞過佑馬繼續前進。

「站住！」

佑馬一把抓起掘千繪的領口，將她整個人往上提。掘千繪的腳在空中左右晃動。

「如果妳要仗著習少爺的恩情肆意妄為，我只能請妳在派對開始之前，安安分分回到別墅的房間裡待機。」

這就是叶的目的吧。

——叶也真是操心啊。

叶有種傾向。他極端排斥月山去和「月山家」以外的人接觸，一心只想把月山收在名為理想的箱子裡。

但是精心編織的理想只會偏離現實，最後漸漸演變成妄想。不知他可曉得，像藤蔓一樣纏住身體的妄想，總有一天會長出尖銳的荊棘刺傷他的肌膚。

若他能捨棄無謂的堅持，接受擺在眼前的現實該有多好。明明那樣才是最輕鬆的做法。

佑馬就這麼一把抓著掘千繪的領口，大步往別墅的方向走去。此時，籬笆門像在配合佑馬的足音似的，「嘰」一聲打開了。

「……這位是習的朋友嗎？」

耳邊傳來沉穩的聲音。佑馬倏地回頭，訝異道：「觀母老爺……！」掘千繪也自然而然往聲音的主人看去。

這位鼻子下方蓄著鬍子的男性，圓眼鏡下的知性目光正望著掘千繪。雖然氣質跟月山不太一樣，但一看就知道是他的親人。而且兩人的血緣還比叶來得接近。

佑馬放開掘千繪的衣領後，她當場落地。掘千繪再度打量那位被稱為觀母的男人。

「妳就是掘吧。我是習的爸爸。」

「你好。」掘千繪回答。

「我從習那裡聽過不少關於妳的事。妳好像很喜歡拍照。」

雖然掘千繪並沒有特別想知道月山如何描述自己，不過聽起來他們的父子關係還不錯。觀母看著掘千繪掛在脖子上的相機說：

「妳對這棟房子似乎很有興趣？」

佑馬聞言緊張起來，但觀母只是舉起手示意他不必多言，接著便打開籬笆門。

「妳是習的朋友啊。來，請進。」

隨著觀母進門的掘千繪發出一聲驚嘆：「哇～」

顏色豐富，品種多樣的薔薇園固然很美，不過這座四面八方都統一栽種紅薔薇的庭園又別有一番意趣。

別邸的露台有一張圓桌，桌子中央也裝飾著紅薔薇。觀母招呼掘千繪入座，她也就毫不客氣地坐下來。觀母的私人管家立刻現身，端出一盤紅潤飽滿的櫻桃。

「你們這裡也有人類的食物啊。」

掘千繪拎起一顆櫻桃放在眼前端詳，誠實說出自己的感想。

「因為工作上的關係，也有許多人類貴客來訪。不嫌棄的話請嘗嘗。」

掘千繪將櫻桃放入口中，香甜的果汁帶著微微的酸味在嘴裡擴散開來，是品質極佳的好貨。

「當我聽說習交了一位人類朋友的時候，著實吃了一驚。也許對習而言，世上所有的生命並沒有什麼藩籬。」

掘千繪毫不客氣地大啖櫻桃，觀母看了她好一會後，邊喝咖啡邊說道。

「我們的關係或許不能說是一般的朋友……」

「在妳的眼中，習是個什麼樣的人？」

「嗯……」掘千繪暫時放下手上的櫻桃，歪頭沉思，「月山是個自信到有點噁心的傢伙，而且還是個自戀狂。我一直很好奇，到底是什麼樣的環境才能養育出像他這樣的人。」

站在觀母身旁的管家聞言不禁挑眉，觀母只是靜靜地等著掘千繪說下去。

「不過來到這裡之後我就明白了。」

「怎麼說？」

掘千繪又捻起一顆櫻桃。

「有這麼多人……應該說這麼多『喰種』都深深愛著他。他在眾人的關愛下長大，當然會成為一個『超愛自己』的人。」

打從掘千繪今天踏入這棟別墅，無論走到哪裡都讓她有這種感覺。

「我想月山從小到大應該都過得很幸福吧。」

觀母聽了也深有同感地點點頭：

「掘，習是個非常善良的好孩子。」

掘千繪可不這麼想，但她只是安靜聽著沒有反駁。

「習總有一天必須一肩扛起月山家的重擔，或許也會遭遇讓他煩惱痛苦的困境。到時候，請妳務必幫幫他。」

將掘千繪當作兒子的朋友來對待的觀母、整理得井然有序的庭院，以及對主子的敬愛之情溢於言表的管家。

大多數的「喰種」都沒受過什麼教育，生活貧困，除了吃人以外也少不了幹下犯罪的勾當。在這樣的常態下能夠打入人類社會、獲取社會地位，並且過上安生日子的月山家，可說是相當特殊的存在。拜他們所賜，有的「喰種」不必畏懼人類「法律」也能好好生存。月山家庇護了許許多多的「喰種」。

月山家為了維持這樣的環境所付出的努力，絕非三言兩語可以道盡。而月山將來必須承接這個責任。月山的身體，並不單單屬於月山一個人。

只是他本人似乎還沒什麼自覺。

「我能做的事情並不多，而且……」掘千繪補充，「月山遇上麻煩的時候，周圍願意伸出援手的人要多少有多少吧。」

最後一顆櫻桃也吃完了，盤子空空如也。

「麻煩妳了。」觀母依然這麼說。

「嗯……」

掘千繪對所謂的「朋友」沒什麼興趣。不過，她願意為隱藏在小小的身體裡，那股推著自己前進的衝動採取行動。

「這個嘛……」

掘千繪拿起相機對準觀母，按下今天的第一次快門。

「如果他遇上什麼有趣的事情（模特兒），我會很樂意出動。」

掘千繪從椅子上一躍而下。

「謝謝招待！」

掘千繪與方才在庭院裡漫無目的散步的時候不同，她飛也似地衝出籬笆門，往涼亭奔去。路上只要看到忙著做準備的傭人，她就將鏡頭對準拍下照片。傭人聽到快門聲都疑惑地看著掘千繪，但他們也沒有理會她。

就連剛才制止自己進入別邸的佑馬，掘千繪也沒有放過，趁他不注意的時候快速拍照。

不管是照料薔薇的園丁，還是端著料理的女僕，只要進入視線範圍，掘千繪就一

個不漏地拍下來。很難相信她在幾分鐘前根本完全沒按過快門。

掘千繪靠在方才選定為演說拍攝場所的大樹旁，確認相機裡的照片。

「嗯……嗯……」得到確信後，她點頭。

掘千繪抬頭望著枝葉繁茂的錐樹。

「得換個地方了。」

她再度邁開雙腿跑了起來。派對很快就要開始了。

夕陽西沉，金黃色的餘暉灑在紅磚別墅上顯得格外耀眼。

賓客一個接著一個抵達正門，薔薇園霎時擠滿了愛花的「喰種」。

桌上的每一道料理都下足了工夫，只是人類看到了大概會當場暈倒吧。

掘千繪來到別墅二樓，從陽台上眺望眼前的光景。她原本選為拍攝地點的錐樹，就在陽台對角線的地方，中間隔著涼亭。

「各位，容我在此說幾句話。」

就在派對的氣氛正熱烈的時候，月山站到了涼亭前。

「非常感謝各位在百忙之中，撥冗前來參加我月山家的『薔薇與美食愛好會』。」

「派對的主題是這個來著？」掘千繪一邊聽他演說一邊心想。月山的致詞行雲流水，感覺得出他應該自小就累積了許多演講的經驗。受邀前來參加派對的「喰種」賓客也都專注地聽月山說話。

掘千繪正在等待某個「瞬間」。

「最後，我今天要特別感謝一些人。」

演講來到尾聲，月山突然話鋒一轉。此刻，掘千繪終於舉起相機。

「那就是平日在背後支持我和父親的傭人們。為了舉辦今天的派對，他們也付出相當多的努力，只求能讓各位有賓至如歸的感覺。」

站在賓客身後待機的傭人，怎麼也沒想到月山會在演講的時候提起他們，一個個驚訝地面面相覷。交頭接耳的聲音一下子擴散開來，不過很快就恢復平靜。在場的傭人都直勾勾望著月山。

「不光是今天而已。他們一直以來都在支持、協助我們。我的心中充滿了對他們的感謝和愛。」

月山把視線從賓客身上轉向傭人，就像在點名一樣環視著一張張的面孔。

方才想把掘千繪逮回別墅的佑馬，舉起手置於胸前；遠遠守護著月山的舞路睇起雙眼；松前用長姊般的溫暖眼神凝視著月山。
叶挺直了背脊，淚水在眼眶中打轉，深怕漏聽了月山說的任何一個字。
掘千繪冒起雞皮疙瘩。她放在快門上的手指稍微用勁，做好準備。
「他們對我而言既是朋友，也是家人……請各位為今天這場派對幕後的主角們掌聲鼓勵。」
掘千繪將這個瞬間收入畫面中。
賓客為月山家的傭人獻上溫暖的掌聲，傭人們也都感動地回以鞠躬禮。
「……月山還真有領袖氣質啊，多浪費。」
掘千繪雙手撐著臉，低聲咕噥。
演說結束，掘千繪的工作也跟著告一段落。她不想在處處都是「喰種」的月山邸繼續

多留，打算移動到離這裡最近的商務旅館。

「嗨，掘！妳覺得我的演說怎麼樣！」

月山開口叫住已經換好衣服，有意趁早離開的掘千繪。

「我對你的演說一點興趣也沒有。」

「哈哈哈，沒有人聽完我的演說會不感動的！」

月山自信滿滿地說道。

「是、是。」掘千繪敷衍了事，「不過我有拍到不錯的照片。等我把資料上傳到電腦裡，確認完畢後再交給你。」

掘千繪舉起相機在月山眼前晃晃，他的笑意更深了。

「真令人期待啊。我打算也讓金木他們看看那些照片。」

「給金木看？」

「沒錯。他似乎不明白我是多麼得天獨厚的神選者，所以我想加深他的理解。」

月山大概想藉著自己眾星拱月的演說照片，讓金木知道他有多優秀。掘千繪心想，金木也真辛苦，被這麼麻煩的傢伙糾纏。

「照片要怎麼用是委託人的自由，所以隨你高興吧。」

反正不管他想拿照片做什麼都與她無關。

「……習少爺！」

一旁傳來呼喚月山的聲音。原來是叶。掘千繪原本還以為他是來催促月山回派對現場，不過看來並非如此。叶把一大束薔薇花抱在胸前。

「叶，那束薔薇是怎麼回事？」

「……觀母老爺要送給『嬌小的友人』。」

「爸爸……送給掘的？」

月山一頭霧水。照理說叶應該大致上知道來龍去脈，但他並沒有說明的意思。

「不愧是爸爸，不僅準備薔薇當伴手禮贈送給賓客，對混進來的小老鼠也不忘表示一份敬意。」

月山的語氣中充滿對父親的欽佩。

「……收下吧。」

叶露出心不甘情不願的表情，把手上的薔薇硬塞給掘千繪。雖然掘千繪不是那種收到花會開心的類型，但她還是無可奈何地收了下來。

「那我要回去囉。」

掘千繪說完便爬上前來迎接她的車子。

「……薔薇？掘千繪小姐，妳怎麼會拿著薔薇，真少見。」

全是「喰種」的派對會場實在不適合叫計程車過來，於是掘千繪麻煩認識的人來接送，不過對方看見她捧著一束薔薇，眼睛瞪得老大。

「你要嗎？」

「不用不用。」

車子揚起煙塵，漸漸遠離別墅。掘千繪望著放在隔壁座位上的薔薇，有著淡粉色花瓣的花朵。她知道這束花的名字。

「好像叫方丹拉圖爾來著？」

用善於描繪薔薇的畫家來命名的薔薇。

「言下之意，我是亨利・方丹—拉圖爾，月山是薔薇嗎？」

三

數日後，掘千繪坐在咖啡廳，一邊吃著擠滿鮮奶油的鬆餅，一邊將照片秀給月山看。照片有好幾張，可是月山看著看著，身子卻開始顫抖起來。

「然後這是最後一張。」

掘千繪話才說完，月山就用力往桌子拍下去。

「……根本沒有半張我的照片啊！Why Why Why Why Why Why……！」

月山說得沒錯，掘千繪拍攝的照片完全沒有月山的身影。就連演講中拍下照片，月山也被涼亭遮住了看不見。

「你那個時候真的很礙事呢。」

「居然說我這個主角『礙事』！太不合理了吧！妳當初是為了什麼理由才到我家的別墅來！」

「嗯~拍下『月山輝煌的瞬間』之類的。」

「既然如此，為什麼沒拍到我！」

掘千繪一口氣喝完冰淇淋汽水，往窗外看去。

「……啊，是金木。」

「妳說什麼！」

掘千繪往窗外一指，月山立刻站起，整個人貼在窗戶上尋找金木的蹤跡。

「掘，妳說金木在哪裡……」

遲遲找不到金木的月山回頭望向對面的位子，只剩一支儲存照片檔案的隨身碟，不見掘千繪。

「……只會耍小聰明的嚙齒類！」

掘千繪踏著輕快的步伐離開咖啡廳，輕撫著手上的相機。

「嗯……月山果然是個有趣的人。」

月山收了完全違背自己心願的照片，回家之後還是氣得不得了。他一邊瀏覽那些照片，心想是不是應該給掘千繪來一次徹底的教育。月山仔細地來回看了一遍又一遍，果然還是沒有自己的影子。

「習，之前請人家拍的照片怎麼樣了？爸爸也想看看。」

觀母走到月山身邊。

「爸爸！簡直是差勁透頂。你看看這個……」

月山將電腦螢幕轉向觀母，播放一張張照片。

「難以置信對吧？那隻小老鼠竟然連一張我的照片也沒拍！」

「真的。」

照片中全是僕人的身影。胡鬧也該有個限度吧。

看完所有的照片後，觀母說：「我也好想看你的照片呢。」

「That's Right！我真搞不懂她在想什麼……」

自己的抱怨得到認同，月山的火氣也稍微消了一些。不過觀母似乎對這些照片頗感興趣，他專注地盯著照片，一邊「嗯嗯」地點著頭。

「習，這些照片的檔案可以給爸爸一份嗎？」

父親做出意想不到的要求，這讓月山有些吃驚：

「當然可以……只是，為什麼？」

「就是覺得挺中意的。」

聽見觀母這句話，月山原本氣急敗壞的心情也平復下來。

「嗯，既然爸爸喜歡，就不枉費我請她來拍照了。」

打從心底尊敬的父親喜歡這些照片，對月山而言也是一件高興的事。既然如此，他便能夠釋懷，並慶幸當初自己找了掘千繪來拍照。

月山的話讓觀母瞇起眼睛。

這些照片拍下了傭人勤奮工作的樣子，以及月山藉著演講表示感謝之情時，他們凝望著月山的溫柔眼神。打從出生那一刻起，就在這份溫暖中成長的月山或許很難理解，但是從照片中就可以看出，月山習這個人是多麼受到眾人的關愛和珍視。即便沒有拍到月山的樣子，照片上也充分留下名為月山習的「喰種」光輝燦爛的一刻。

觀母心想，也許將來有一天，當他心愛的兒子看著這些照片時，會流下溫暖的淚水。

TOKYO GHOUL

#005
[tension]

Novel [quest]

:re

一

「『ＣＣＧ藝術祭徵求作品』……？」

寒風刺骨，將枯葉颳得搖搖欲墜的季節。〔ＣＣＧ〕Ｓ1班的上等搜查官——伊丙入，在一串陌生的文字前停下腳步。

一張低調的海報貼在大廳一角，上頭還配合文字放了繪畫和雕刻的照片。

「怎麼了？入。」

發現原本走在身旁的搭檔止步不前，出聲喊人的是同一

個班的班長——宇井郡。一頭剪齊的黑髮，加上以男性的標準來說過於纖細的體型，讓他散發出中性的氣質。但別看宇井這個樣子，他可是被稱為「希望新星」的全能搜查官，官階已經爬到特等，周遭的人都對他刮目相看。

不過從入的角度來看，他就只是個意氣相投的好夥伴。畢竟她曾和他在〔CCG〕最強搜查官——有馬貴將率領的0番隊上並肩作戰。

宇井在離開0番隊之後，從隊員晉升為負責指揮的班長。沒過多久，入也被編到他的麾下。能夠被選為特等搜查官宇井的搭檔，就是入的實力受到認可的證據。只是一般人看見她那副我行我素的模樣，很少會注意到她是個優秀的搜查官。

「郡前輩，這是什麼？」

入伸出食指抵著海報。宇井面露詫異，走到入的身旁看著那張海報。

「……喔，藝術祭啊。是〔CCG〕的藝文活動之一。」

「藝文活動？」

「沒錯。主旨是『為了造福精神壓力頗大的〔CCG〕職員，提供一個透過藝術滋潤心靈的機會，讓大家能夠過著更加多采多姿的生活』。」

「啊～就像宗教拉人那樣？」

「不一樣。」宇井立刻否定，「這個活動是向〔CCG〕的職員徵求作品，然後展示在各區的大廳。我記得為了鼓勵一般民眾參觀，還是免費開放入場的。同時也會用在各區交流和廣宣上。」

〔CCG〕不分日夜討伐「喰種」，因此也有不少市民對他們的印象就是生人勿近。為了改變這個情況，〔CCG〕希望能透過一些親民的活動提升自身形象，讓民眾對他們有更深一層的了解。

「政治色彩很濃厚呢。」

「嗯——不過這也算是員工福利的一環。CCG草地棒球大賽也是一樣的道理，想藉由這一類的活動提高大家的工作幹勁。優秀的作品不但有獎可拿，還能領到一筆獎金。我記得有三個獎項，分別是特獎、準特獎和佳作。另外還有一個特別評審獎。」

「是喔……」入放下按在海報上的手指，「可是好像沒幾個人參加。」

畢竟這裡是武鬥派雲集的〔CCG〕。大多數的人都寧可把空閒時間拿來鍛鍊肌肉。

「是啊。」宇井點頭同意，「藝術祭跟草地棒球大賽不一樣，缺少熱烈的氣氛。而且每年參加的都是同一批人。這種活動就是給辦公室那些老頭子和老太婆打發時間用的。」

宇井聳了聳肩繼續說：「反正跟我們無關。好了，去工作吧。」

「是～」

「還有一件事。」

「什麼？」

「可不可以不要每年都問我一樣的問題？」

「咦？」入偏著頭，疑惑地看著對自己投以無奈眼神的宇井。看來她過去應該問過他不少次同樣的問題，只是因為沒什麼興趣所以很快就忘了。

「這麼說，明年我很有可能再問一次喔。」

「……入。」

「對不起～」入看見宇井警告意味濃厚的表情，立刻識相地閉上嘴。宇井一說起教來就沒完沒了，在他面前最好別多話。宇井興許是發覺入已經開啟馬耳東風的模式，他嘆了一口氣，再度邁開腳步。

藝術祭的海報離他們愈來愈遠。看這個情形，入大概要到明年才會再記起這件事吧。

正因為如此，幾天後入又想起這件事才讓他吃驚萬分。

二

「……有馬先生要擔任特別評審？」

站在入和宇井面前的人，正是有馬貴將。他有一頭脫色的白髮，身上總飄著某種遺世獨立的味道，而他現在才剛完成任務歸來。

兩人巧遇有馬，於是便跟他打招呼，就在這時候聽見出乎意料的消息。

有馬要擔任ＣＣＧ藝術祭的特別評審。

「為、為什麼會選上有馬先生？而且有馬先生真的能勝任藝術祭的評審嗎？」宇井大惑不解，連忙詢問有馬。

宇井在入的面前多少會擺擺上司的架子，唯有面對從前的上司有馬時，他才會顯露出這個年紀該有的樣子。

「不知道。」

「這算什麼回答……」

雖然有馬被稱為〔CCG〕的白色死神，也是「喰種」畏懼不已的天才，但他其實也有少根筋的一面。

「為、為什麼要答應呢！您根本和藝術八竿子打不著邊吧！」

「我也這麼說，不過對方要我不必想太多，只要選出一個自己喜歡的作品即可。被我挑中的作品似乎就是特別評審獎。」

看來連有馬本人都覺得不可思議，不明白自己為什麼會被選為評審。但這個男人的個性就是這樣，只要上頭命令他去做，他就會一絲不苟地完成。

「為什麼要把這種差事推給局裡最忙的人啊！」宇井猛抓頭，看得出他對高層的不滿。

不過，入的反應就不一樣了。

「有馬先生會頒獎嗎？」

對入來說，有馬是特別的人。一個明明近在咫尺，感覺卻總是遙不可及的美麗死神。入之所以努力工作，全是為了得到他的褒獎。

「……嗯。」

意思就是可以從他口中得到肯定。原本索然無味的藝術祭，突然散發出特別的光彩。

「我要參加！」

入高高舉起右手宣布。

宇井驚訝地看著她，有馬則依舊面無表情。

「我要參加藝術祭，得到有馬先生親手頒的獎！」

「又來了……」宇井看著呵呵笑個不停的入，臉上浮現厭煩的神情。

「算了……既然要做，就請您認真做吧。」

「嗯。」

有馬老老實實回答，然後便與在不遠處待機的部下一起離開了。

宇井目送有馬的背影離去之後轉頭看向入，雙臂交叉抱胸。

「妳真的要參加嗎？」

其實入也不是閒閒沒事幹的人，但那件事對她來說永遠是最優先的選項。

「因為只要我付出努力，就有機會得到有馬先生的誇獎嘛～」

「妳啊，滿腦子想的都是有馬先生。」

「郡前輩也沒有資格說別人吧？」入笑咪咪地頂回去。

「笨蛋。」宇井放下交叉的雙臂。不過他應該也有所自覺才是。現在的他，一樣滿腦子都在思索關於有馬要參加這次藝術祭的事。

「既然有馬先生要擔任評審，作品要是太少場面也不好看……」

宇井似乎很在意面子問題。從他這麼擔心的樣子看來，參加的人應該真的很少吧。

「……還是我也參加好了？」

「郡前輩也要參加？」

「只是湊湊人數，總比沒人來得強。我待會也去問問0番隊和丈先生的意願。」

宇井提出同僚和前輩的名字。

「咦～」入發出不滿的聲音，「人少才好啊～」

否則她得獎的機率不就更低了。

「我們這些人加起來也沒多少吧。而且就算丈先生肯參加，我也不覺得他會得獎。他的作品大概會跟本人一樣沒什麼存在感，最後默默地沉沒吧。」

平子丈跟入、宇井和有馬先生關係都很深厚。他為人踏實又有一身好本領，但給人的印象卻淡薄到掩蓋他高強的本事。

「只怕到頭來還是徒勞無功。畢竟歷年的參加人數少到我都忍不住覺得，真虧這種活動可以一年一年辦下去。我還真沒想到自己會有參加的一天。」宇井嘟囔著，「……可是話說回來，我實在不太想讓上司評論自己的作品……」

「既然如此，你就不要參加嘛——」

「那可不行。」

後來宇井便規規矩矩地將有馬擔任藝術祭特別評審的事，告訴0番隊的成員和平子，拜託他們參加。眾人一開始也都不敢相信有馬先生要當評審，不過看在有馬和宇井的面子上，還是點頭答應了。

「說不定這次藝術祭的參加者，全都是有馬先生的隊員。」

雖然宇井一副憂心忡忡的樣子，但這件事後來卻往意想不到的方向發展。

「……喂，你聽說了嗎？藝術祭的事！」

〔CCG〕的搜查官一個個眉飛色舞。

「聽說了。宇井特等和0番隊那群傢伙也會參加吧。」

「全都是……有馬派。」

位於搜查官頂點的有馬自然備受眾人推崇，不過能跟他一起工作的搜查官一樣讓所有人另眼相看。同是搜查官，有馬派卻在高牆的另一頭。

平常高不可攀的他們居然要參加藝術祭。其他搜查官心裡默默想著：

——說不定自己在藝術方面有機會可以贏過那群人。

身為搜查官，就算在藝術上得到肯定也沒有意義。話雖如此，對於這些在壓倒性的才能面前自慚形穢，一再被提醒自己只是個凡人的搜查官來說，沒有比藝術祭更棒的機會了。

「……你們聽好了，別看我這個樣子，我以前美術的成績可是4呢。」

「我讀小學的時候也曾經以『刷牙宣導海報』拿下金獎！」

如果要一掃已經在腦中根深柢固的劣等感，重新拿回自信，就能在這個領域戰鬥了。這樣的想法在那些無法出人頭地的搜查官當中，漸漸擴散開來。

另外，有馬擔任評審也是很大的誘因。那位天才竟然跨界來當藝術祭的評審，這令人跌破眼鏡的安排很快就蔚為話題。

整件事有如一顆雪球從積雪的斜坡滾下來，愈滾愈大。

以結果來說，參加人數大幅成長，甚至多出一票只是想來湊熱鬧的人。

三

「瓜江。」

聽見有人從背後叫住自己，瓜江在心中咂嘴。不用看長相都知道對方是誰。

「……（煩人的傢伙）」

瓜江回頭一看，果然不出所料，身後的人正是跟他同期的黑磐武臣。黑磐身材高大，五官生得正氣凜然，但他那雙直視瓜江的眼睛讓瓜江看了就討厭。那是一雙跟他父親黑磐巖極為相像的眼睛。

巖是立下許多功勳的特等搜查官，無論上司還是屬下都很信賴他。〔ＣＣＧ〕局內大概也找不到半個說他壞話的人吧。但是瓜江不一樣，畢竟黑磐巖的存在是建立在他父親的犧牲上。

瓜江的父親過去也是搜查官，以特等的身分帶領部下，巖就是當時的部下之一。後來在一次搜查中，由於「獨眼梟」現身，他命令巖等人撤退，自己留在現場殿後。最後，總是帶給瓜江溫暖的父親，回來時成了冷冰冰的肉片。

——為什麼對我爸爸見死不救？

這個想法至今仍深植在瓜江心裡，不曾改變。他好幾次都暗暗詛咒，巖最好落得跟父親一樣的下場……不，他的死法應該比父親悽慘百倍。

不過人生實在諷刺，仇人的兒子竟然是他在〔CCG〕學院青少年部的同期生，也就是站在他面前的黑磐武臣。不僅如此，兩人還同為學院特優生。

瓜江一直不斷努力，一心只想著自己絕對不能輸給這個男人。他要站在高處，欣賞黑磐武臣悔恨交加的表情。

可是武臣的個性偏偏就像一棵高聳入雲的大樹一樣直，不管瓜江對他的態度多麼惡劣，他總是全盤接納，從未露出厭惡的表情。這樣的人格顯露出他好教養，卻反而讓瓜江更加煩躁。黑磐武臣的態度在瓜江眼裡，彷彿像在炫耀自己成長於一個雙親俱在，充滿愛與關懷的環境。

——你最好也經歷跟我一樣悽慘的遭遇。這麼一來，想必你就再也無法用那樣的眼神看我了。

每次遇到黑磐武臣，瓜江腦中總是湧起這樣的念頭。

「……什麼事？（別跟我搭話）」

其實瓜江很想無視他，自顧自離開，但是又不想表現得好像自己很在意。

瓜江直截了當詢問過後，武臣開口：

「你也會參加藝術祭嗎？」

瓜江挑眉。

「……我也認同〔CCG〕重視藝術的態度，一開始就打算參加了。（別把我跟你們這些中途加入的傢伙相提並論）」

瓜江平時就有手持調色盤畫畫的習慣。這次的藝術祭是在有馬擔任評審，0番隊的人也要參加的事情傳開之後，才莫名其妙熱鬧起來。但瓜江可是打從一開始就打算參加了。更何況藝術祭每年都有和修一族的人出任評審，是他打響知名度的大好良機。

「果然沒錯。其實這次我們班也會全體動員。」

「……平子班？（你也是？）」

武臣隸屬由平子丈擔任班長的平子班。平子似乎是受宇井所託才答應參加藝術祭，不過副班長伊東倉元聽說之後，便主動表明既然平子參加，自己也要跟進，還把其他班員一起拖下水。

「但是我缺乏這方面的經驗。所以希望精通這個領域的你，可以不吝給我一些建議。」

雖然瓜江從學生時代起就常常聽聞關於武臣的各種情報，但卻從未聽說他有任何藝文方面的興趣。

「……是嗎？（的確，我跟你這種肌肉棒子不一樣）」

武臣向他求教應該不是出於謙虛，而是真的不知道該怎麼著手吧。只可惜瓜江絲毫沒有幫忙的意思。

「說句老實話，藝術不是一朝一夕就能培養起來的東西。而且你的目標太過模糊，我也不知道該給你什麼建議才好。總之你應該先試著創作自己（毫無藝術性）的作品，至於好不好都是其次。我能說的差不多就是這樣了。（別浪費我的時間）」

如果連自己哪裡不懂都搞不清楚，瓜江也無從建議起。不過就算武臣有明確的方向，瓜江也沒打算給他什麼建言就是了。

「你說得一點也沒錯，是我思慮不周，抱歉。」

武臣坦率承認自己的過失。瓜江心想，什麼都沒準備就跑來跟自己說話，武臣應該為此感到更加羞愧！

「……比起畫筆這樣纖細的工具，你不如拿木頭來用？（肌肉棒子）」

扔下一句含有毒素的話之後，瓜江轉過身去說道：

「你就好好努力（塗鴉）吧。」

在藝術的領域上，瓜江有自信能以壓倒性的差距勝過武臣。一想到這裡，他的心情就跟著飛揚起來。到時候一定要狠狠嘲笑他的拙劣作品。瓜江輕輕哼了一聲，這下子他對藝術祭又生出新的期待了。

「……瓜江好像很開心的樣子。」

六月在走廊上看見瓜江離開會議室的背影，喃喃自語。雖然沒見著瓜江的表情，他也沒做出什麼反常的舉動，但六月就是有這種感覺。

「透，怎麼了嗎？」

鈴屋什造發現六月呆站在原地，於是從他身後的會議室探出頭來問道。大老遠從自

己負責的13區來到總局的他，順道找六月一起開拍賣會掃蕩戰的反省會。

「喔喔！」什造察覺到瓜江的存在，恍然大悟地點點頭，「你也要邀他一起去嗎？」

「啊，我沒有。因為瓜江在控制糖分……」

「他不吃甜食嗎？」

「是的，好像是為了改造肉體。」

從什造背後出現的半兵衛聞言，說道：「那真是太遺憾了。」鈴屋班的半井惠仁、御影三幸和環水郎也都各自收拾完畢，從會議室走了出來。

其實，六月待會要和鈴屋班的人一起去一家評價不錯的杯子蛋糕店。本來應該由半兵衛去店裡外帶，但什造表示自己想看著實物挑選，於是六月便與他們同行。

「不久之前，瓜江也是心不甘情不願地吃下老師做的水桶布丁。」

「他吃了？」半井問道。六月苦笑著點頭說：

「老師已經事先幫我們算好分量，吃了也不會影響到身體。」

六月回想起當時的光景：由於搜查行動的緣故，所有人都在同一個時間回宅邸。就在大家吃完晚餐後，餐桌上突然冒出一個水桶布丁。才子見了興奮不已、不知覺得好玩，狂搖布丁，然而坐在一旁的瓜江卻露出死魚般的眼神。

「你們宅邸那邊有好多手工甜點可以吃，我好羨慕喔。」什造笑咪咪地說著。這樣的他竟然是立下無數功績的天才搜查官，實在令人費解。

杯子蛋糕店就在離〈CCG〉總局不遠的地方，走幾步路就到了。店裡飄著香甜的氣味，光是聞到就讓人感到飢腸轆轆。

並排在櫥窗內的杯子蛋糕，每個都可愛得不得了。上頭有花草動物等等各種形狀的裝飾，簡直就是藝術品。

由於店裡有咖啡座，眾人便決定內用。

「我、我們好像特別格格不入……」

在一片女性顧客當中，圍著杯子蛋糕的男性集團顯得特別突兀。儘管周圍投以刺人的視線，什造似乎一點也不在意。

「好漂亮喔，看起來就像玩具一樣。」

什造拿起叉子，戳著托盤上杯子蛋糕的奶油。

「鈴屋先生，這是『NGC4038』和『NGC4039』。」

「御影前輩，你在講什麼？」後輩水郎吐槽發表神奇言論的御影。

「就是所謂的觸鬚星系，水郎。」

「你的『所謂的』難度太高了。」

「如果我說烏鴉座，你應該就懂了吧。」

「有那種星座嗎？」

絲毫不見解謎徵兆的「御影語」。六月立刻拿起手機搜尋，隨即找到一張綻放美麗光彩的銀河照片。

「就是這個吧。」六月亮出手中的照片。

「沒錯。」御影指著手機答道。

「原來如此，這的確是藝術。」

半兵衛看了照片後深有同感地猛點頭。

「對了。」半兵衛突然想到什麼似的看向六月，「關於即將到來的藝術祭典……宅邸的各位有什麼計畫嗎？」

藝術祭。六月對這三個字也略有耳聞。

「我在藝術這方面沒什麼造詣所以不參加，不過其他人好像都會參加的樣子。」

把這件藝術祭的消息告訴六月的人，正是同為Qs的不知和才子。這兩個人可說是幹勁滿滿。六月雖然還不確定瓜江的意願，不過想到他的興趣，六月認為他應該會參加。

「琲世也會出賽嗎？」

什造充分欣賞過杯子蛋糕的外型後，一邊享用一邊含糊問道。六月猶豫著不知道該不該說，不過最後還是決定說出來。

「老師說『我想試試看做個糖果屋，不過這應該不算是藝術吧——』」

一聽見六月這麼說，什造的眼睛立刻熠熠生輝。

「我想吃！」

六月早就料到什造一定會上鉤。

「只是老師好像還在猶豫不決。」

「透，你一定要說服琲世喔！」

「我、我嗎？」

「不才在下也請你務必幫這個忙。」

半兵衛低頭拜託。

「下次見面的時候，請你報告佐佐木氏是否參加藝術祭。」連半井都用不容拒絕的口氣說道。

「我勸你還是不要違逆他比較好……」水郎附在六月耳旁竊竊私語。

「既然出生了，就要以恆星為目標。」御影也在另一頭低聲說著匪夷所思的悄悄話。在這個狀況之下，六月怎麼可能推拒得了。

「我、我知道了。」六月在心中默默道歉：「對不起，老師。」

其實，糖果屋的點子在Qs之母——真戶曉告訴琲世：「人家只會把你當笨蛋，打消這個念頭吧。」他就已經放棄了。琲世當時只是勉強笑著說：「那就沒辦法了。」但他的側臉看起來卻有些落寞。

正因為如此，六月認為如果這個要求出自曾和曉並肩作戰過的什造，她應該也會同意吧。雖然是自作主張，但只要琲世開心就好。六月心想，到時候自己也一起幫忙做糖果屋吧。

「鈴屋班的各位也要參加藝術祭嗎？」

「我們打算從鈴屋前輩的優秀畫作中，精心挑選適合的提交出去。」

什造閒暇的時候會畫些動物，而半兵衛會在畫作完成之後替他裱框起來。

「我跟御影前輩也會參加。」水郎喝下一口咖啡，沖淡太過甜膩的杯子蛋糕。

「御影先生的作品跟宇宙有關嗎？」

「不不，你猜錯了。御影前輩，示範一下給他開開眼界吧。」

御影從外套內袋裡拿出一本記事簿，撕下一張紙，然後將紙張放在桌上開始摺了起來。他先把長方形的紙摺成了正方形，接著熟練地將紙一下往外摺，一下往內摺。

差不多過了兩分鐘，一個有五個角的五芒星完成了。雖然稍嫌簡陋，但也展露出美麗的星形。

「宇宙……」六月喃喃念道。

「不錯喔！很有 cosmo 的感覺！」御影指著六月。就在六月心想「結果還不是宇宙」的時候，水郎立刻接道：「御影前輩的紙摺得不錯吧。」

「咦？啊，原來如此，是摺紙……」

方才被御影的節奏牽著走，不自覺就以宇宙的基準來思考，但仔細想想這只是單純的摺紙罷了。

「他還會做因為隕石而滅絕的恐龍、像薔薇星雲一樣的薔薇，還有仿造超新星的彩球等等。」

六月心中開始分不清宇宙跟摺紙的界線了。

「一張紙只要對摺一〇三次就能創造出一個宇宙，但我還達不到那樣的境界就是了。」

「前輩你在說什麼？」

「水郎，你一點都不 cosmo。摺紙就是宇宙啊。」

——藝術果然是形形色色。

跟不上話題的六月深切領悟到這個道理。六月最熟悉的藝術還是繪畫。很大的原因是他平日已經看慣瓜江畫畫的樣子了。

不管是瓜江的房間還是他自己本身都深深浸染了油畫溶劑的味道，不知與才子總是不客氣地直說「臭死了」，不過六月倒是覺得那股刺鼻、令人難以靠近的氣味是滲出了瓜江的個性。或許是因為他在拍賣會掃蕩戰中，無意接觸到瓜江的孤獨，才會這麼想吧。

六月輕吐一口氣，重新提振起精神。說起來，不知道才子與不知有什麼打算。

——回宅邸之後再問問他們好了。

在那之前，必須先拜託琲世製作糖果屋才行。六月看著愉快品嘗杯子蛋糕的什造，心裡一面想著。

四

「咦？郡前輩，你在做什麼？」

這裡是S1班的業務室。入一進辦公室，就看到宇井忙著剪裁照片。

「你對照片上的人有什麼怨恨嗎？」

「哪有可能。」

宇井放下手邊的工作，給了入一個白眼。入肩膀一縮，趕緊回到自己的位子上，躲避宇井的視線。

宇井剪完手上那張照片之後便開始收拾善後。入從椅子上站起來，再次端詳他的作業。

「你要做剪貼相簿嗎？」

而且還都是同一色系的照片。

「……藝術祭要用的。我要拿這些照片來做拼貼畫。」

似乎是要把剪碎的照片沾上漿糊，拼貼成一個作品的樣子。

「好認真喔～」

「既然要做就得認真做。我可不想拿出半吊子的作品，到時候被人家當笑話……」

宇井深深地嘆了一口氣。

往年門可羅雀的藝術祭，如今倒成了一股風潮。搜查官的共通話題竟然是藝術祭，這可是前所未聞的事。還不到報名截止日就已經收到數量遠超出歷年的作品，連藝術祭的執行委員都開始擔心，借來舉辦藝術祭的大廳是不是有足夠的空間展示。

「沒想到活動會變得這麼盛大。」

「這不是郡前輩求之不得的結果嗎？」

現在活動的規模也算配得上有馬這個評審了。

「……也該有個限度。」

宇井卻持否定的態度。他到底在擔心什麼？就在入百思不得其解的時候，訪客上門了。

「嗯嗯……郡 BOY。」

來客一身糾結的肌肉，光看就覺得壓迫感十足。加上精心打理過的飛機頭以及濃密的翹鬍子，散發出彷彿將所有調味料混合在一起的濃郁存在感。此人就是特等搜查官——田中丸望元。

他是人稱「2區有望元」的資深搜查官，不過對入來說，只是個將大叔臭發揮到極點的男人。望元身上散發出來的熱度甚至會讓人有種錯覺，懷疑業務室的溫度一下子上升兩度左右。

入轉頭看向宇井，以為他們兩個約好要見面，但只見宇井瞪大雙眼。看來他連想都沒想過會遇上望元。

「我都聽說了，BOY。」

望元一點也不在意，大步走向宇井。

「……聽、聽說了什麼？」

「替這次的藝術祭搧風點火的人就是你，對吧！」

望元拍手稱讚宇井。拍手聲聽起來跟爆炸聲差不多，讓人不禁懷疑他是怎麼辦到的。

一點都不想接受這種恭維的宇井，一臉無言以對。方才宇井說起這次的盛況空前時，表情卻不是很開心，大概就是因為這個傳聞吧。

「藝術祭應該可以說是『大人的課外活動』吧？我認為無論是什麼活動，只要能讓人生變得更加豐富都很棒。我也企劃過『〔CCG〕紳士大賽』和『草地棒球區對抗賽』，但是都不曾達到全體動員的規模。你實在是個年輕的天才……嗯嗯？」

一邊拈著鬍鬚一邊說話的望元，眼睛捕捉到宇井的照片剪貼。

「郡 BOY 也在製作當中嗎！喔，真有意思。你要做拼貼畫嗎？」

「是……」

老家是寺院的望元博學多聞，也很有文化水準。一眼就看出宇井打算做什麼。

「不過準備照片也不容易吧。」

「嗯，是有一點……」

望元「嗯、嗯」點了點頭，握緊拳頭往自己厚實的胸膛一搥。

「讓我為 BOY 盡一份心力吧！」

「呃，不用了。」宇井立刻拒絕。

「你不必跟我客氣！」望元馬上答道：「我剛好對攝影也有點興趣！」

事情發展到這個地步，誰也阻止不了他。

望元一把攬住宇井的肩膀說：

「哈哈哈！為了創造出優秀的作品（Fantastic Art），讓我們一起暢快流汗吧！哈哈哈哈哈！」

望元的高亢笑聲響徹雲霄，但入可以感覺到宇井眼神已死。並不是每個人創作過程都順風順水。

遇上麻煩的不只是宇井。

「所以說，這邊要這樣。不對！是這樣！這樣啦！懂了沒？和尚頭。」

「我不懂啦！」

聽完才子雜亂無章的說明，Qs班長不知不由得提高音量。

這裡是家庭餐廳。不知和才子的桌子上擺著他們從飲料吧裝來的果汁、摩托車雜誌和素描本。素描本上畫著兩個圈圈一條橫線，乍看之下好像是茄子或小黃瓜，但不知想畫的卻是摩托車。

事情是這樣的，不知打算在這次藝術祭中拿個獎。畢竟得獎的人可以得到一筆微薄的獎金。雖然數量不多，不過對於缺錢缺得慌的不知而言，是怎麼樣也不能放過的機會。

問題是，他完全沒有得獎的能力。

不知從小到大的生活都與藝文性的活動無緣。與其拿畫筆，握著修理摩托車的螺絲起子還比較符合他的性格。

因此，他並不奢求拿下特獎或準特獎，而是把目標放在佳作上，所以特地找才子指點他畫畫。相較於瓜江的油畫，不知覺得才子閒暇時畫的插圖，看起來難度應該比較低。

但實際試過之後才發現很難。「首先讓我看看你的實力！」才子一聲令下，不知便拿了一本摩托車雜誌，邊看邊畫，可是成果簡直慘不忍睹。

「不知仔，那匹精靈馬是要怎麼騎？」

「……少囉唆。」

另一方面，才子已經在她的紙上畫好一輛可愛的卡通化摩托車。明明看著一樣的東西，怎麼畫出來的圖天差地遠？

「我還以為自己喜歡又常見的東西應該比較好畫……」

「男人就是這樣，總是忽略陪在自己身邊的人……」

「我畫的又不是人。可惡～」不知趴在桌子上呻吟，「我乾脆把臉塗黑，像印魚拓一樣把臉印在紙上，當作自畫像交差算了。」

「偶不會阻止你喔。」

「這時候就該阻止啊。」

「Qs班長的全裸魚拓，務必讓身為班員的我親眼見證到最後。」

「不要胡說八道了。」

「啊～我想吃大分量的炸雞。」

「妳想吃什麼儘管點，拜託妳多用點心思教啦！」

今天是有求於人的不知負責請客。「好、好。」才子嘴裡一邊念著，一邊按下服務鈴呼喚店員。

看著眼前的畫面，不知心想，還真是和平得嚇人啊。

「……我都快忘記自己是搜查官了。」

「老身也常常忘記。」

「妳那樣也有問題吧。」

「我現在腦子裡只想著炸雞。」才子哼著自創的曲調：「炸雞啊炸雞。」

看這個情況，在她吃完之前大概也得不到什麼像樣的指導了。閒得發慌的不知開始在紙上畫圓圈，將空白處填滿。小小的圓圈愈畫愈多。

——我想……變漂亮。

當他舉起昆克給胡桃鉗致命一擊之後，她說了這句不像「喰種」會說的話。

拜此所賜，不知刺殺她的時候，感覺不像在驅逐「喰種」，反而像在殺人。沉重的壓力就這麼加

諸在不知心上。

那次的工作讓他聯想到人類的死亡，也使他不由自主想起父親自殺時的光景。

他並不是一個鑽牛角尖的人，但是牢牢烙印在心中的感覺就無法輕易忘懷。

那場戰鬥影響到的不僅是不知，全體Qs的心都或多或少受到某種衝擊。包括現下語氣輕佻的才子，以及瓜江和六月。

「不知仔，你畫了很多漂亮的圓圈呢。」

「喔！真的耶！」

不知不覺，整張紙上都畫滿密密麻麻的圓圈。

「噁！感覺好噁心。」

他看著那堆圓圈，連忙合上素描簿。但才子的興趣來了。

「This is……Art！」

「為什麼啊！」

才子一把搶過不知手上的素描本，盯著畫滿圓圈的紙。

「不知仔，你去找一張很大的紙，然後在上面畫無數個小圈圈。一定要畫在很大的紙上喔！」

「啊~?感覺好麻煩，那種作品哪裡有趣了。」

不知懶得理會講話沒頭沒腦的才子。

「嘖嘖嘖……」才子搖著手指，「所謂的藝術本來就不知所云又無聊，你這樣正好。」

「喂，妳說這種話會被那些搞藝術的傢伙罵喔。」

「你就是〈CCG〉的草間啊！畫圈圈就對了！畫圈圈！」才子把紙往不知眼前送。

「不幹不幹。」不知擺擺手，又把紙推向一邊。

「你不想拿到獎金了嗎？不知仔！」才子對不知說。

「我當然想要！」

「那你就乖乖聽『高手才子』的話！」

按照現狀，不知跟獎項根本沾不上邊。雖然他也不覺得乖乖畫滿圓圈就能得獎，但如果是畫圈圈這種單純的作業，他應該辦得到。「知道了。」不知回答。

既然已經決定作品的方向，接下來只剩動手畫而已。不知跟接下來打算去買畫具的才子告別，往宅邸走去。

「藝術祭啊……」

據他所知，瓜江會像往常一樣畫他的油畫，琲世則是和六月一起製作糖果城堡。

「……」

說到琲世，他在拍賣會掃蕩戰之後似乎也有些變了。雖然不知也說不清楚，但就是「有些地方」不太一樣。

「……或許他只是太累了。」大聲自言自語的不知，突然想起一件事：「啊，對了！」

不知轉了個方向前進。

他來到一間店名叫作「:re」的咖啡廳，打開店門走了進去。

一進門就被咖啡的香氣包圍。店內擺放著書籍和古董，打造出閒適的氣氛。不知其實比較喜歡熱鬧一點的地方，不過他以前曾經在這裡和琲世、六月，三個人一起喝咖啡。

「歡迎光臨。」

脣邊掛著溫和微笑的店長向他打招呼。她看起來跟不知年紀差不多，是位可愛的女性。

「啊，妳好。」

不知一屁股坐到吧檯的位子上，點了一杯咖啡。吧檯內的男店員默默煮起咖啡來。咖啡的香氣裊裊。不知趁熱飲下，咖啡還是跟記憶中一樣美味。還記得當時，琲世喝了咖啡之後便掉下淚來。

「您今天一個人來嗎？」

聽見店長的聲音，不知抬起頭。

「對啊。之前跟大家一起來的時候覺得咖啡很好喝，所以就順路進來了。」

「謝謝您的誇獎。我們前陣子還在醫院見過面吧。」

鈴屋班的半兵衛曾經帶著他去醫院探望什造的前搭檔——篠原，當時他和店長在醫院擦肩而過。只不過是一眨眼的事，她卻記得很清楚。

既然如此，她應該還有印象吧？

「請問，佐哥平常會來這裡嗎？佐哥就是之前跟我一起來的人，沒有戴眼罩的那一個……」不知問道。

「最近沒見到他呢。」店長回答。最近，這麼說他還是有來過幾次囉。

「他大概很忙吧。聽說他的工作是搜查官。」

「不，我覺得他現在應該沒那麼忙了……」

如今拍賣會掃蕩戰的後期處理也已經告一個段落，琲世應該比較空閒了才對。是不是把時間都花在審訊他發動所有權的「喰種」身上了？

「……啊，對了，最近〔CCG〕要舉辦藝術祭。」

「〔CCG〕嗎？」

比起藝術祭，店長對〔CCG〕這三個字還比較有反應。

「很稀奇吧。佐哥和透……就是戴眼罩的傢伙，他們好像要做糖果城堡。活動還滿有趣的，如果有空要不要來看看？也有開放給一般民眾參觀。」

今年的藝術祭特別熱鬧，想必很有意思吧。

「我想參加的活動可多了，可是店裡實在不能沒人顧……」

她望向吧檯裡的男店員。沉默寡言的他沒什麼反應，只是繼續洗著咖啡杯。

「這麼說也是。不勉強，有時間再來看看吧。」

「好的，謝謝您的邀請。」

店長溫柔地笑了笑，回過身忙她的工作。不知也將咖啡一口飲盡，走出咖啡廳。

「嗯……失敗了。」

不知原本還盤算著，如果她肯來的話，琲世應該會很開心。

「算了，反正佐哥好像也會偷偷跑去光顧……」

如果能擠出時間，佐哥大概還是會自己去吧。

不知這回不再亂晃，直接往宅邸出發。

「那傢伙回去了嗎？」

不知離開之後，一個戴眼鏡的男人從店後頭走了出來。

西尾錦神情慵懶，拉了把椅子坐下。他是S級以上的喰種，〔CCG〕稱他為大蛇。

他過去曾和Qs交戰過，儘管當時臉上戴著面具，但他的聲音已經暴露了，所以才會躲到店後頭。

「去參觀一下不是很好嗎？『店長』小姐。」

「你是白痴嗎？」這間店的店長霧嶋董香對錦說的話嗤之以鼻。她出神地望著不知離開後的大門。

如果他知道佐佐木琲世曾經以金木研的身分在這裡和董香他們一起生活，不曉得會作何感想。

「給我一杯咖啡。」錦對董香提出要求。董香回了一句「自己想辦法！」他便回到吧檯內，口中喃喃念著：「小氣鬼。」

「不過話說回來，藝術祭啊……聽起來像學校的活動。」

「不是挺好的嗎？感覺很有趣。」

董香一邊洗著不知用過的咖啡杯，一邊說道。

學校。

這兩個字讓她胸口一陣疼痛。

——董香，我們下次一起去動物園好不好？

董香不禁回憶起那段光景。那是她還待在學校的時候。

——動物園？

——嗯。我們兩個帶著便當，趁暑假的時候找個地方一起去玩……不過如果妳忙著念書也沒關係……

——好啊。偷懶一天也不至於天打雷劈吧。

她的人生不斷在失去，唯有無法兌現的承諾日益增加。

——依子，畢業之後我們也要各奔東西了吧。

——……我不要……

——依子，就算畢業了，我們還是要一起出遊喔。

她對寂寞不已的友人說的那句話，最後成了謊言。

「嗯～也是。還能像學生一樣幹蠢事，想必一定很開心吧。」

煮完咖啡的錦說道。董香心想，是這樣嗎？錦突然「噗！」一聲笑了出來。

「笑什麼，真噁心。」

「妳說什麼！」

錦惡狠狠地瞪過來。不過他大概也覺得跟她吵沒意思，於是拿著咖啡走到吧檯邊坐下。

「我只是想到大學準備校慶的時候，有個傻乎乎的傢伙跑來找我。」

錦意有所指地衝著董香笑了笑。那個人曾念過錦就讀的大學。

「……」

董香再次凝視著店門。她到現在還清楚記得，當她看見走進門的金木……不，應該說是佐佐木琲世時，所受到的那股強烈衝擊。

董香將洗好的咖啡杯擦乾，擺回架子上之後說：

「他好像很受到重視的樣子。」

從不知的語氣中，可以想像得到他們都很需要金木，那裡應該已經成了金木安身立命的地方。

「跟某隻母老虎比起來，他們確實很看重他。」

「啊？宰了你喔！」

兩人再度怒目相視，不過很快就覺得這麼做實在蠢到不行，各自轉過頭去。董香不經意往一旁望去，發現四方正看著自己。但他很快就移開視線。

「……」

那個人最後一次喚自己「董香」是什麼時候的事了？

「……錦，難得有這個機會，不如你去看看？就當作代替我去參觀藝術祭。」

「我才不想在這麼冷的時期跑去試膽。」

日落西山，再過一會兒，店裡就會擠滿了放學的學生和下班的社會人士了吧。董香煮起自己和四方要喝的咖啡。

說起來，以前她也曾經把弟弟絢都當成煮咖啡的練習台。只是不管煮多少杯給他，都不曾從他嘴裡聽見「好喝」兩個字。

現在又如何呢？董香煮的咖啡雖然還及不上芳村，不過應該也煮出「安定區」的味道了吧。

此時，她的腦海裡浮現琲世的臉孔。

他喝下咖啡後流下了眼淚。雖然名字換了，記憶也不復存在，但他依然是他。

董香輕啜一口自己煮的咖啡。

她怎麼可能覺得不寂寞。

但是，她有更加堅定的心願，如同她對這間店的期望。

太陽下山，餐飲街開始熱鬧起來。

喰種搜查官——富良太志走進一間小小的居酒屋，在吧檯的位子上發現一個不起眼背影。

「唷。」富良看到那個幾乎和店家融為一體的身影，不禁苦笑。

平子丈回過頭，輕輕朝著富良點頭致意。

「可以坐你旁邊嗎？」

「請便。」

富良點好酒之後，拿起筷子吃著店家端出來的下酒菜，一邊和平子閒聊。

「這次的藝術祭很驚人呢。」

「是啊。」

「你也會參加吧？交了什麼作品？」

「就照倉元的建議繳交狗的照片。」

「是喔。」

平子雖然答應參加比賽，但他也不知道該交出什麼作品才好，於是平子班的副班長伊東倉元便建議他替家裡養的狗拍幾張照片，敷衍一下就行了。

說到照片，宇井原本也打算利用照片做拼貼畫，但是自告奮勇替他收集的望元，交出來的卻都是不能用的靈異照片，害他現在一個頭兩個大。大概是因為望元的老家是寺院，所以特別容易招惹那些東西吧。聽說後來望元自己也害怕照片上的幽靈，一氣之下就把相機給摔了。

「你那邊呢？」平子問道。

富良掏出一根菸點上火，搖搖頭。

「我不是搞藝術的，讓有馬評鑑我做的東西也很怪。」

雖然時間不長，但富良過去也曾和有馬當過一陣子的同學。儘管現在以搜查官的身分和他當同事的時間更長，但當時的感覺都還相當清晰。

——我為了殲滅「喰種」輾轉各地。很久沒有跟同年齡層的人說這麼多話了。雖然……這次也稱不上是普通的學校生活，但還是很有意思。謝謝你。

兩人見面是在高中二年級的時候。

有馬這個人很冷淡，話明明不多卻總是狗嘴吐不出象牙。其實他只是淡淡地做著自己的工作，然後在過程中順便救了富良的命。富良的青梅竹馬被「喰種」奪去右眼和性命，有馬甚至替他實現願望報了一箭之仇，之後便揮一揮衣袖離開。

距離那個時候已經過了十幾年，富良到現在還是不太了解有馬。或許富良也不想用自以為了解的態度談起他吧。

「……對了，你……」

平子現在的立場是率領部下的班長，不過聽說有馬班有意請他回去當有馬的搭檔。考量到副班長伊東已經培訓得差不多了，他大概也快要返回有馬班了吧。

不過這些事似乎也不太適合在這裡談，於是富良吸一口菸，把話又吞了回去。

這個男人長年身為「最強搜查官」的搭檔，背負的包袱想必也相當沉重吧。

「……你身上有帶著狗的照片嗎？」

「沒有，我只拍了要繳交的份。」

「這樣啊。藝術祭的時候，我再跟老婆女兒一起找找看好了。」

富良吐了一口菸，煙霧很快就消失在空氣中。

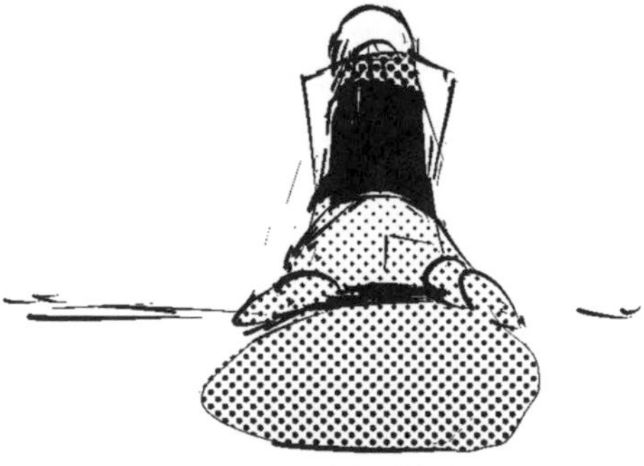

時光飛逝，藝術祭的腳步慢慢靠近。

「……一朵、兩朵、三朵……呵呵。」

白色的圖畫紙漸漸染上色彩。

入坐在地上慢騰騰地塗著顏色，任由色鉛筆四散一地。

她畫的是花田，也是她回憶中的景色。

這次的藝術祭是歷年前所未見的熱鬧。終於到了截止日。就在一片來不及交件的搜查官的哀鴻遍野當中，審查開始了。

「……為什麼會有這麼多作品？」

每年擔任評審的和修家其中一人——和修政看著滿坑滿谷的作品，面露不耐。光是要將所有的作品看過一遍，可能就要花上不少時間。

「這樣不是很好嗎？盛況空前。」

另一位笑著欣賞作品的人是〈CCG〉的總局局長，也是政的父親和修吉時。

「浪費時間。」

「這裡的作品都是大家利用寶貴的時間創作出來的，你要用心去評。」

吉時溫和地告誡態度不遜的政，但他的表情依舊不滿。

有馬在離他們有一段距離的地方，獨自評選著作品。

既然主辦方說他只需要選出一個喜歡的作品，那麼只要找到一個中意的，他的工作就結束了。

有馬加快腳步前進。

而就在有馬絲毫沒有緩下速度，差不多要巡迴完所有的作品時，他停下了腳步。

「……」

那是一幅畫。在一片怒放的花海當中，佇立著一位沉穩的黑髮青年和年幼的少女。

「……」

最初的風景。

有馬駐足了一會，定定凝望著那幅畫。

五

來到ＣＣＧ藝術祭當天。與〔ＣＣＧ〕總局位於同一區的展覽廳，從來沒有這麼熱鬧過。

廳裡展示各式各樣的繪畫、雕刻、陶藝，優秀的作品則是以依據得到的獎項，貼上不同顏色的緞帶。

瓜江欣賞著自己的畫作，上頭貼著代表特獎的紅色緞帶。

「……（理所當然的結果）」

周圍的人讚賞聲不斷，誇獎瓜江身為學院特優生，不但以第一名的成績畢業，如今也屢屢立下大功，就是在興趣方面也是專業級的。

但不知道為什麼Qs班的成員全體都得了獎，這點讓瓜江有點不爽。不過至少拿到最高榮譽的只有他一個。

「……瓜江。」

「……（來了）」

瓜江所做的一切努力，都是為了要大幅拉開他與這個男人之間的距離。他回頭一看，果然是武臣。

「恭喜你拿下特獎。」

「其實也不是什麼大事。（怎麼樣！）」

「不，你說得一點也沒錯，藝術不是一朝一夕可以養成的。」

武臣看著瓜江的畫說道。

平常聽到武臣的誇獎也只會讓他生氣，但唯有今天不同。因為在藝術方面，武臣絕對不可能受到讚譽，跟他根本沒得比。這讓瓜江心情萬分愉悅。

「你那邊又如何？（拿了個參加獎嗎？）」瓜江不懷好意地問道。

「我拿到佳作。」

「……佳作？」

意想不到的回答讓瓜江心頭一窒。

——佳作？就憑你？為什麼？

儘管瓜江不斷告訴自己，反正也不過是佳作，沒什麼好在意的。但他的心跳還是加快鼓動。

「都是多虧了你的建議，謝謝。」

「不用謝我。（我可不記得有給過你什麼建議。怎麼回事？難不成你學我畫油畫？）」

不快的感覺油然升起，就像身體裡爬滿了蟲子。「那麼我先告辭了。」對瓜江的心情渾然不覺的武臣逕自離開。

「武臣，我看到你的作品了！好強啊！」

就在此時，一個輕快聲音響起。瞇瞇眼伊東倉元往這裡跑來。他身旁是鬢角和下睫毛特別顯眼的道端信二。兩人都是跟武臣隸屬於同一班的前輩。他們似乎剛看完武臣的作品。

「話說回來，你是怎麼把那玩意運過來的？我想先從你蒐集材料的步驟開始聽起！」

「……（怎麼運過來的？蒐集材料？）」

他做了什麼特殊的東西嗎？

「是父親幫我從山上載下來的。」

「……？（山上？）」

為什麼要上山？

「小倉倉抬頭仰望你的作品，一張嘴都合不起來了。」

「……（抬頭？）」

「又不是只有我，小道道還不是激動得要命，說什麼讓他回想起體育祭的情景，很想爬上去看看！」
「（體育祭？爬上去？）」
兩個前輩拚命誇獎武臣。
「（不，他們只是因為同屬一個班……所以自己人互誇自己人罷了……！）」
想歸想，瓜江卻開始感到坐立難安。他立刻轉身離開武臣他們，迅速往會場內走去。
「（黑磐武臣，你到底做了什麼東西？你應該連一點藝術細胞都沒有才對。其實我一點都不需要放在心上，只是為了嘲笑你那拙劣的作品才不得不去確認一下……）」
「你看過黑磐的作品了嗎？」瓜江的耳裡傳來旁人的竊竊私語。不同於伊東和道端，平時和武臣沒什麼交集的搜查官也在討論他的事。瓜江沿著他們的視線望去。

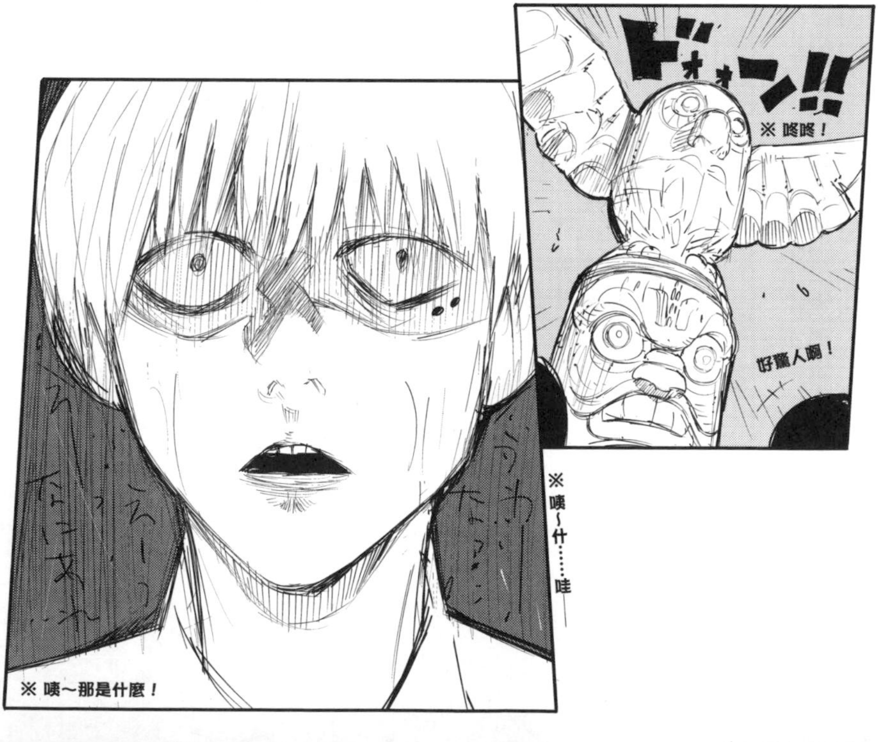

「……！」

儘管被一大群人團團包圍住，他還是看得見那件作品。

「圖騰柱……（是圖騰柱。）」

高度大概接近三公尺吧。雖然雕刻的手法粗糙，一看就知道是外行人，但是衝擊性相當強烈。回過神來，瓜江發現自己也張大了嘴，連忙慌慌張張把嘴閉上。

為什麼會做出這樣的作品？就在瓜江百思不得其解時，他突然回想起一件事。

……比起畫筆這樣纖細的工具，你不如拿木頭來用？

原本只是想譏諷他兩句，沒想到武臣還真的拿來做參考了。

「不愧是黑磐。」

「果然就是不一樣。」

結果就是瓜江被迫收聽他最不想聽到的話，也就是旁人對武臣的讚揚。

「（就是這樣我才討厭他！）」

瓜江咬牙切齒地離開會場。

兩位女性和離去的瓜江擦肩而過，來到那根圖騰柱前。

「夫人！」

身材高大，眉間有一顆痣的五里美鄉察覺到兩位大駕光臨，連忙匆匆趕來。這位女性搜查官隸屬特等搜查官——黑磐的麾下，曾經參加為了討伐青桐樹而特別編制的「11區特別對策班」以及20區的「梟討伐作戰」。

「美鄉小姐，妳好。」

巖的妻子看見美鄉之後露出微笑。她也是武臣的母親。夫妻倆結婚得早，從外表上完全看不出她已經有個二十歲的兒子了。

她跟渾身上下散發出穩重感，看起來比實際年齡還大的巖正好呈現對比狀態。

「夫人，好久不見。」

「我先生平時受到妳關照了。」

「您這是哪兒的話！令郎的活躍表現才是讓人驚喜！」

美鄉抬頭望著高高聳立的圖騰柱。

「我也常從先生那裡聽說美鄉小姐的出色表現。」

「沒那回事……我還差得遠呢。」

聽見尊敬的上司這麼誇獎自己，美鄉滿心歡喜，但還是不忘保持謙虛的態度。

「您今天是來參觀黑磐特等和令郎的作品嗎？黑磐特等的大盤子也很令人驚豔。」

巖雖然已經失去了一隻手臂，但他現在依然以搜查官的身分工作。那個大盤子也做得很精美，看不出是只用一隻右手做出來的。

「不是的。」她搖搖頭，「我今天是陪篠原太太過來。」

黑磐的妻子說完，看向身旁的女性。這位露出堅強微笑的女人，就是號稱「不屈的篠原」──篠原幸紀的妻子。

「這位是……篠原特等的夫人嗎？」

美鄉立刻鞠躬致意。

「我聽說什造的作品也有展出，所以特地來看看。」

篠原已經倒下很長一段時間了，既無法從床上起身，也不曾睜開雙眼。但什造至今似乎還是會去醫院和他說話。

「如果您要看鈴屋什造的作品，就在大廳中央。他班上的御影三幸做了個像是麥田圈的連鶴摺紙，什造的作品就放在旁邊。」

「其實我剛才找好久了，謝謝妳。」篠原的妻子向美鄉道謝。美鄉與兩位長官的妻子寒暄幾句後便向她們告別。

「……」

這兩位女性一直都在背後默默支持著身為搜查官的丈夫。美鄉望著她們的背影，輕輕嘆了口氣。因為她想起自己崇拜的對象——亞門鋼太朗。

眾人眼中正義感強烈、才華洋溢、未來前途一片光明的他，據傳在20區的梟戰中殉職，但卻自始至終都沒有找到遺體。美鄉到現在都不認為他真的已經死了。

「美鄉。」

美鄉正沉浸在對亞門的思念中，突如其來的叫聲嚇得她猛然一震。

「怎麼呆呆站在這裡？」

出聲搭話的人是真戶曉。她的年紀和資歷都比美鄉淺，說話卻總是用平輩的口吻。即便她現在階級已經超越美鄉，說話的方式依然沒有改變。

「……我剛才在和黑磐特等及篠原特等的夫人說話。」

「兩位夫人都來了？我看我也去打個招呼比較好。」

曉有些地方跟以前一樣沒什麼變，但也有些地方改變了。像是學會顧慮周遭人的心情。

究竟是轉為指導部下的立場讓她有所改變，還是她負責指導的佐佐木琲世和Qs改變了她，這美鄉就不得而知了。

「先走了。」

「嗯……」

曉轉身背向美鄉。相較於她要承擔的重責，這背脊是如此纖弱。

「……真戶曉。」

「嗯？」

美鄉不自覺叫住她。

曉是一位優秀的搜查官，處事冷靜自持，對昆克的造詣也相當深厚。今後崇拜她的女性搜查官想必也會愈來愈多。

但是，美鄉知道她心中也有波濤洶湧的思念。因為美鄉看過她為了亞門鋼太朗和同期的瀧澤政道流下的淚水。

「……」

先前的拍賣會掃蕩戰上，無預警出現一個擾亂搜查官的神祕「喰種」。雖然美鄉周遭沒有輩短流長的好事者，但她還是有種不祥的感覺。

「……美鄉？」曉疑惑地看著叫住自己，卻一句話也不說的美鄉，「沒什麼事嗎？」

她把手指抵在脣邊，「嗯」了一聲盯著美鄉說道：

「明明沒事還把我叫住，如果妳有這個閒工夫，不如帶我去找夫人她們。我會告訴妳哪裡有好吃的咖哩店做為回報。」

話雖說得迂迴，其實她是在邀請美鄉共進午餐。

「怎麼樣？」

曉露出微笑。美鄉哼了一聲，走到她身旁。

「跟我來。」

「麻煩妳了。」

有的人興味盎然地欣賞展示品，有的人笑著跟同伴並肩同行。這些平常忙著戰鬥的搜查官，現在就像一般人一樣享受著悠哉的氣氛。

入穿梭在會場的人群之間，一個人慢吞吞地走著。

特獎、準特獎、佳作。她走過那些貼著緞帶的作品。

入來到自己用色鉛筆細心琢磨的作品面前，視線往旁邊一瞥。姓名欄旁邊貼著藍色的緞帶，是準特獎。

「本來還以為終於可以得到讚賞了說。」

她沒能拿到那唯一一個由有馬選出來的特別評審獎。入把兩手背在身後「噗～噗～」嘟著嘴咕噥著。雖然準特獎也是一種肯定，但對入來說毫無意義。

「果然還是得靠打倒『喰種』，大量的『喰種』。」

這才是最快的方法。入一邊想著一邊注視掛在牆上的畫。不過，她很快察覺一股氣息，立即轉身。過了一會兒，周遭才開始騷動起來。

隱藏眼鏡下的靜謐眼瞳，光是走在路上就能讓人渾身起雞皮疙瘩的男人。

「有馬先生，人家好想拿到有馬獎。」

相較起周遭的騷亂，入倒是氣定神閒地叫住有馬。有馬走到她身旁。

「是『特別評審獎』才對。」

「這是有馬先生頒的獎，所以應該叫做有馬獎嘛。」

入一口咬定，有馬也不多說什麼。

「這可是人家的嘔心瀝血之作呢——」

入指向自己的畫。美麗的花海中，一對佇立的青年與少女。

「……不在評比的範圍內。」

有馬淡淡地說道。

「咦～」

入的兩頰脹得鼓鼓的。有馬望著入創作的那幅畫，繼續補充：

「因為是懷念的景色。」

是充滿回憶的地方。

是人抑或是「喰種」、被深植在腦海中的矛盾、不能說出口的祕密、強迫遵守的規定，以及出生的地方——白日庭。

入就是在那座庭院與他相遇。

「呵呵。」她輕笑著。跟有馬先生擁有共同的回憶，感覺真是好到不行。

「下個年度開始，小也會到這裡來。」

「小！又能請她幫我掏耳朵了！好期待喔～」

「嗯，妳要好好照顧她。」

有馬說完之後便離開了。他似乎還有其他地方要去，一定是去找琲世了吧。

「入！」

入一個人望著畫，這次身邊來了不一樣的人。

「……郡前輩。」

「妳拿到準特獎了吧？真厲害。」

宇井看著入的作品說道。

「郡前輩不是拿到特獎嗎——」

入轉身離開自己的畫作，宇井走在她身後幾步的地方。

工作的時候老是要求入「走在他後面」的宇井，現在什麼話也沒說。

「特別評審獎真是亂七八糟。大概也只有有馬先生會選出那種作品。」

到頭來，有馬選上的是米林才子的作品「我心中最強的搜查

官」。畫像上是一個手裡扛著像狼牙棒的昆克，渾身肌肉賁起的搜查官。模特兒似乎是同班的瓜江久生。

「有馬先生的理由是『第一次看到這種東西』。其他明明還有很多好作品。他的想法真是異於常人。」宇井叨念著，「佐佐木的糖果城堡也是脫離常識。全部都是圓圈的畫也詭異得很。Qs這群人果然都很怪……」

「郡前輩。」入打斷宇井的話。

「嗯？」

「我們去搜查吧。」

已經結束的事就不重要了。

「……我正在休假當中。」

「真巧，我跟你一樣呢。」

儘管宇井一副厭煩的樣子，入臉上的笑意依然不減。

「有什麼關係？反正還有堆積如山的案子要辦。果然啊，比起鉛筆和剪刀，我們還是比較適合拿昆克，對吧？」入往會場的出口走去，「如果你不願意，我就自己去囉——」

——得加快腳步才行。

為了得到有馬的讚賞。

——因為，我們「命不久矣」。

究竟是為何而生？又是為何被賦予這樣的命運？這些問題一點都不重要。

只要能夠再次感受到，小時候那雙溫柔撫著自己頭頂的手就夠了。

入的背後傳來宇井大大的嘆息聲。不過他很快就抬起頭，大步走到她前方。

「走了。」

宇井回過頭來下達指示。

「是——」入輕快地回答。

T O K Y O G H O U L

#006 [request]

Novel [quest] re

一

如果先從結局來說，〔ＣＣＧ〕的智囊，隸屬於對策II課，一路上突破不少難解局面的特等搜查官——丸手齋，現在不但沾了一身的鹽巴，還背著沉甸甸的巨漢——田中丸望元。

「……安浦特等，我是丸手。請問有什麼吩咐嗎？」

盛況空前的ＣＣＧ藝術祭才剛結束沒幾天，丸手就被安浦清子找了過來。他站在她的桌子前，開口詢問。

一頭豔麗的黑髮束在腦後，長長的睫毛和嘴邊的痣也滲出一抹豔麗的風情，她就是以女性之姿領導對策I課的特等搜查官——安浦清子。安浦培育過不少搜查官，包括目前在鈴屋班相當活躍的半井惠仁、丸手已故的同僚真戶吳緒，乃至於那位鼎鼎大名的有馬也都接受過她的指導。

「這麼忙的時候還找你出來，真不好意思，齋。」

丸手也是入局之後，在安浦手下接受過培訓的搜查官之一。此時辦公室裡空無一人，安浦又是直呼他的名字而非職稱，丸手緊繃的雙肩這才鬆懈下來。原本還以為是什麼重要的案件，看來應該猜錯了。

「你能看一下這個嗎？」

安浦從抽屜裡拿出一疊照片，遞給丸手。

「這是……」

照片上是一個看似搜查官的男子，雙手比著ＹＡ。丸手心想，此刻站在身邊的人如果不是過去的上司安浦清子，他八成會直接嗆聲「什麼鬼東西啊！」丸手仔細端詳照片，想找出內容究竟有什麼特殊含義。然後他發現一件事。

照片中只有一位搜查官靠在牆壁上，周遭一個人也沒有，但是搜查官的肩膀上卻有一隻不自然的手。

「……這個。」

丸手窺視安浦的表情，她只是沉默不語，示意他將全部的照片都確認一次。丸手翻開下一張照片，是一座荒涼的廢工廠。

「……唔喔！」

工廠中央有個浮在空中的半透明上半身。而且肩膀上還有長著一條看似是赫子的東西。下一張照片、還有下下一張照片也都拍到不像活人，而是「喰種」的某種東西。

「……清子小姐。」

「以一般人的話來說就是靈異照片，而且還是『喰種』的。」

——都是成年人了，怎麼會在〈CCG〉的總局給我看這種東西。

雖然丸手的腦海裡浮現這樣的想法，但他心中依然保持冷靜，很快就猜到誰是罪魁禍首。

「……是望元先生嗎？」

「對。」

跟丸手和安浦同為特等搜查官的田中丸望元，是寺院家的兒子。根據他本人的說法，他的靈感很強，自小就經歷過各式各樣的靈異體驗。當初就是因為討厭這一類的事情，才會逃離寺院跑來當搜查官。不過，或許因為他現在從事的是驅除「喰種」這種與生死比鄰的工作，他也曾抓著丸手大聲哭訴：「我看到了！Boy！頭髮好長～好長，穿著白色壽衣的尾赫女喰種，用怨恨的眼神狠狠瞪著我不放！」每次丸手都安慰他：「你工作過度了。」但只要是望元拍下的照片，總是夾帶著大量送到靈異節目肯定會立刻被採用的靈異現象。就是因為他拍的照片這麼恐怖，丸手才會想到他。

「照片上那些局員怎麼說？」

照片中的主角大半都是搜查官，而且跟他們一同出現在畫面上的還不是普通幽靈，而是「喰種」的鬼魂。不僅如此，有時還是一大群。安浦幽幽地嘆了一口氣。

「他們懷疑是不是自己驅除過的『喰種』，一個個都緊張兮兮。」

丸手不禁扶額。這件事雖然聽起來有點蠢，但絕不能等閒視之。儘管「喰種」是危害人類的存在，可是依然有不少搜查官對於殺生這件事感到沉重的壓力。如果搜查官被死在自己手上的「喰種」附身的事情傳開來，肯定會讓局裡士氣低迷。

「田中丸特等每晚都遭遇『靈障』，囈語連連……再這麼下去恐怕會妨礙他的工作。因此我才特地找了II課的你來商量。」

——II課並沒有受理靈異相關的諮詢。

雖說這是他第一個冒出的念頭，但安浦也是逼不得已吧。儘管全是些理智無法認同的事情，但是又不能不想想辦法除去照片中那些搜查官的不安，解決這場騷動。

「……話是這麼說沒錯，可是……先不管這玩意是真是假，我們要如何對付沒有實體的對象……既然如此不如撒撒鹽巴算了……我只是隨口說說……」

丸手想到什麼就說什麼，但他也覺得這方法太隨便，打算再想想。不過安浦與再度陷入沉思的丸手不同，她倒是果斷做出決定。

「就這麼辦吧。」

「咦？」

「用鹽來淨化。」

「可是……」這下子換提出意見的丸手本人慌張了。不過安浦已經收好照片站了起來，擺明事情就這麼定了。

「重要的是『我們確實做了處理』。這是當事人心理作用的問題。那麼就決定在下個星期五執行，麻煩你了。」

話說完之後，安浦便颯爽離去。直到她背影消失，丸手才自言自語：

「……意思就是要我準備吧……？鹽巴……」

即便丸手當了特等也好，立下多少汗馬功勞也罷，只要這位在最前線奔走的上司還在，他就只是個隨她使喚的中間管理職。丸手沮喪地垮下肩膀，接下這樁麻煩事。

二

數日後，丸手命令部下馬淵去神社弄來一大堆用來淨化的鹽，然後與安浦、望元一起去找尋照片上的搜查官，替他們撒鹽驅邪。

「嗯嗯，抱歉了丸手Boy……沒想到我一個高頭大馬的壯漢，竟然在你面前展現這麼脆弱的一面……」

罪魁禍首望元從鼻子深深嘆了一口氣。

「誰教我每天晚上都做惡夢。不但遇上鬼壓床，還在那種狀況下靈魂出竅，根本是一整套的『靈障全

餐』……在夢裡，一個瘦骨嶙峋的女人一直在呼喚我……口中念著來啊、快來啊……」

「那還真是一場災難啊……」

雖然丸手也納悶，為何自己非得蹚這趟渾水不可，可是看到望元充滿血絲的雙眼，以及眼下兩塊濃厚的黑眼圈……丸手多少也能體會他的痛苦。

「來，好好享受淨化吧。」

望元單手抓起一大把丸手弄來的淨化鹽，往那些搜查官的胸口、背部和腳下撒去。寺院的兒子卻四處撒著神社的鹽，多麼奇妙的光景。

「非常感謝您。沒想到三位特等竟然為我們如此費心……」

這位倒楣透頂，被望元拍下靈異照片的搜查官一臉感動地說道。或許對他們而言，三位特等的關心比除靈的鹽更有效果。

「……現在所有人都淨化完畢了。」

撒了幾個小時的鹽，總算是將照片上的搜查官全都淨化過一輪。但要是以為這樣已經完事就大錯特錯了。

「嗯嗯，接下來就是『拍照的地點』了～」

望元的照片也拍下了原本應該毫無異樣的街景。其中也有滿臉怨恨，直瞪著鏡頭的『喰種』幽靈。

「不去管『地點』也沒關係吧……？」

「嗯嗯，丸手Boy……雖然是幽靈，但驅除『喰種』本來就是我們的職責喔？」

這種事就交給那些已故的搜查官嘛！丸手心中泛起一股不講理的怒氣。但是，如果想在最短的時間內從這項莫名其妙的任務中解放，唯一的捷徑就是照著安浦和望元的希望到處撒鹽。

望元當初是在散步的時候順道拍照，但他的活動範圍卻是驚人地廣泛，由西到東走遍遍。安浦和望元雖然都比丸手年長，但他們不愧是在第一線活動的現役搜查官，體力可不是蓋的。倒是丸手因為調往後勤II課之後，大幅減少摧殘肉體的機會，走起路來吃力許多。

不過，最可怕的還是望元的照片。他拍照的地點都是Qs進行追擊戰的繁華街，或是鈴屋班大量掃蕩「喰種」的廢工廠等等，搜查官曾經提出「喰種」驅除報告的地方。不僅如此，他還在無人報告過的地點，拍到彷彿在跳有氧運動的幽靈。或許此處真的發生過什麼事件吧。如果好好利用望元的照片，感覺都可以進行通靈搜查了。

「這裡就是最後的地點了……」

丸手氣喘吁吁，所有的體力都快被靈異照片巡禮消耗殆盡。一行人終於來到一間廢棄的平房，似乎已經閒置已久。廢屋四周被高聳的樹木圍繞著，彷彿是在避人耳目。庭院中雜草叢生，攀爬在牆壁上的藤蔓從破掉的玻璃窗縫隙中鑽入屋內。

「……你為什麼會跑到這種地方拍照？」

丸手站在飛蟲環繞的廢屋門口，愣愣地說道。望元還不是在屋外，而是跑到屋內去拍照。

「當時總覺得有什麼東西在呼喚我……」

「這裡真讓人毛骨悚然……」

原本還以為只要在入口堆上鹽巴就解決了，安浦卻在此時說道：「我們進去吧。」大步從後門進入屋內。

「哇……」

廢屋裡頭沒什麼光線，顯得有些陰暗。天花板上布滿蜘蛛網，到處都能看到崩落的土牆，露出牆內的鋼筋。地板是木板鋪成的，走在上面會發出軋吱軋吱的聲音。即便是毫無靈感的丸手，這詭異的氣氛也讓他忍不住懷疑是不是有什麼東西存在。

「……就是這裡。」

最深處的客廳可以看見倒塌的碗櫥和鋪著厚厚一層灰的桌子。丸手對照現場和照片上的場景。照片中，有個年輕女人的臉浮現在桌子旁邊。望元對著桌子撒鹽，並開始念經。好一場神道與佛教的共同演出。

「……這麼一來就安心了。」

望元念完經之後對丸手說道。照片上的地點已經全部撒了鹽，望元的表情終於也鬆懈下來了。

——軋吱。

丸手突然聽見某種東西踩在地板上的聲音。原本還以為是自己聽錯了，但他回頭一看，望元整個身子彈起來，表情也瞬間僵硬。丸手轉頭往安浦望去，只見她將食指抵在唇上，指示他不要出聲。她的眼睛望向房間的入口。

——軋吱……軋吱……軋吱……軋吱……

聲音從三人方才通過的走廊傳來。地板因為某個東西的重量發出哀鳴。

呃，不會吧。

丸手的心臟敲打著令人不快的節奏。望元滲出涔涔汗水，緊抓著丸手的肩膀。只有安浦不動聲色，眼神直盯著入口。只見一道影子映照在房門外的走廊上。

「……『白鴿』啊啊啊啊啊！」

一聲吼叫打破了寂靜。一個眼睛染上赤紅，背上伸出扭曲赫子的「喰種」衝進房間裡來。是照片上的「喰種」幽靈嗎？

「唔喔喔喔喔喔喔喔喔！」望元狂吼，原本放在丸手肩上的手使勁捏了下去。

「痛死我了啊啊啊啊！」丸手的肩胛骨都快被他捏碎了。

「這傢伙有『腳』呢。」

安浦以行雲流水的動作操作手提箱，將外型像巨型來福槍的羽赫昆克「是毘圖」架在肩上，扣下扳機。

「呀啊啊啊！」

在極近的距離下全數中彈的「喰種」，狠狠撞上脆弱的土牆，連同牆壁一起飛出去。安浦將是毘圖拆開，操起二刀流，給倒地的「喰種」致命一擊。一連串的行動才花了八秒。

「看來是活生生的『喰種』。」安浦低頭看著一動也不動的「喰種」，靜靜補充：

「直到剛才為止。」

「Lady－Lady－Lady……！」

望元終於放開丸手，嘴裡不斷重複念著。獲得解放的丸手扶著肩膀哀哀呻吟。雖然被靈異照片整得團團轉，但到頭來最可怕的還是活著的東西。

「……你們……真的來了。」

丸手才剛要下結論，突然聽見一個陌生的聲音。他往聲音的來源望去，一位纖瘦的女性就站在桌子旁邊。剛才明明都沒有人啊。女性露出微笑，對困惑的丸手說：

「『喰種』一直賴在這裡不走，讓我很困擾。謝謝你們的幫忙……」

女人深深低頭鞠躬——然後便消失無蹤。

「……」

丸手和望元雙眼圓睜，凝視著女人消失的地方。

「……Nooooooooooooooooooooooo！」

回過神來的望元驚聲尖叫。他將剩餘的淨化鹽一股腦往頭上倒，當場跪坐在地。地板承受不住衝擊，瞬間裂開。

「望、望元先生，你沒事吧！」

望元緩緩搖著頭。身心都嚴重受創的他，只能跪在地上動彈不得。

「沒辦法……你可以背他回去嗎？」安浦說。

「……我背他？」

丸手再次看向望元龐大的身軀。他的體型恐怕是丸手的兩倍大，而且丸手的肩膀還因為望元的關係呈現報廢狀態。

「總不能把他一個人留在這裡吧。你就算是轉調到II課，應該也沒有荒廢平日的鍛鍊才對，而且……」

她停頓了一會，繼續說道：

「……我剛才好歹也驅逐了『喰種』，你今天有做什麼工作嗎？丸手特等？」

面對在最前線戰鬥的喰種對策I課課長，過去的上司安浦清子投來銳利的視線，他實在說不出「我準備了鹽」這種話。

回去之後就騎著重機向遠方奔馳吧。盡可能走得愈遠愈好。到一個沒有「人類」也沒有「喰種」的地方。

丸手一邊心想，一邊使勁拖著渾身都是鹽巴的望元。

這是久違的東京喰種輕小說，謝謝各位的捧場。

說起我個人的感想，御影從頭到尾都好有趣。

據說十和田先生動筆的時候，做了很多關於宇宙的夢，痛苦得不得了……

結果孕育出（？）這句話：

「這種時候就應該回到原點，從宇宙的誕生開始研究。」

我認為是金玉良言。

我也很喜歡水郎去宅邸拿布丁那個時候的才子。

妳這傢伙為什麼會在家啊？

完全沒得到教訓，又接下東京喰種小說的十和田先生，真的辛苦你了。

我也要向 j book 和支持這本小說的讀者道謝。非常謝謝各位。

我也希望自己能以超越以往 cosmo 的狀態繼續走下去。

就這樣囉……

Sui Ishida 2016.11.26

Sui Ishida 2016.11.26

我很榮幸有這個機會在 :re 再次接觸到「喰種」的世界。

動筆的時候，我自己也做了水桶布丁、

動手摺了連鶴和星星、在圖畫紙上畫下一個個圓圈、

調查宇宙之後受到 cosmo 的影響，夢到彗星撞地球等等，

每天都過得相當刺激。

只希望自己能夠將石田先生創造出來，受到眾多書迷喜愛的世界，

原原本本傳達給所有的人。

非常謝謝各位。

十和田シン

逆思流

東京喰種re:「quest」

（原名：東京喰種ートーキョーグールーre:「quest」）

原　作／石田スイ
小　說／十和田シン
執行長／陳君平
譯　者／賴思宇
協　理／洪琇菁
榮譽發行人／黃鎮隆
責任編輯／曾鈺淳
國際版權／黃令歡、梁名儀
內文排版／謝青秀
美術編輯／李政儀
文字校對／施亞蒨

出版／城邦文化事業股份有限公司　尖端出版
台北市中山區民生東路二段一四一號十樓
電話：（〇二）二五〇〇—七六〇〇
傳真：（〇二）二五〇〇—二六八三
E-mail：7novels@mail2.spp.com.tw

發行／英屬蓋曼群島商家庭傳媒股份有限公司城邦分公司　尖端出版
台北市中山區民生東路二段一四一號十樓
電話：（〇二）二五〇〇—七六〇〇（代表號）
傳真：（〇二）二五〇〇—一九七九

中彰投以北經銷（含宜花東）／楨彥有限公司
電話：（〇二）八九一九—三三六九
傳真：（〇二）八九一四—五五二四

雲嘉經銷／威信圖書有限公司　嘉義公司
電話：（〇五）二三三—三八五二
傳真：（〇五）二三三—三八六三

南部經銷／威信圖書有限公司　高雄公司
電話：（〇七）三七三—〇〇七九
傳真：（〇七）三七三—〇〇八七

香港總經銷／城邦（香港）出版集團有限公司
香港灣仔駱克道一九三號東超商業中心一樓
電話：（八五二）二五〇八—六二三一
傳真：（八五二）二五七八—九三三七
E-mail：hkcite@biznetvigator.com

馬新經銷／城邦（馬新）出版集團Cite (M) Sdn. Bhd.
E-mail：cite@cite.com.my

法律顧問／王子文律師　元禾法律事務所
台北市羅斯福路三段三十七號十五樓

二〇一七年七月一版一刷
二〇二三年一月一版三刷

■台灣中文版■

郵購注意事項：
1.填妥劃撥單資料：帳號：50003021戶名：英屬蓋曼群島商家庭傳媒(股)公司城邦分公司。2.通信欄內註明訂購書名與冊數。3.劃撥金額低於500元，請加附掛號郵資50元。如劃撥日起 10～14日，仍未收到書時，請洽劃撥組。劃撥專線TEL：(03)312-4212 ・ FAX：(03)322-4621。E-mail：marketing@spp.com.tw

國家圖書館出版品預行編目(CIP)資料

東京喰種re:[quest] / 石田スイ原作 ; 十和田シン
小說 ; 賴思宇譯. -- 1版. -- [臺北市] :
尖端出版 : 家庭傳媒城邦分公司發行, 2017.6
面 ;　公分
譯自: 東京喰種 re:[quest]
ISBN 978-957-10-7311-8(平裝)

861.57　　104021235